智慧丛书

ZHS

ZHC

ZHIHUI CONGSHU

生活如歌

SHENGHUO RUGE

主编 张启明 赵洪恩

新疆文化出版社

图书在版编目（CIP）数据

生活如歌 / 张启明, 赵洪恩主编. –– 乌鲁木齐：
新疆文化出版社, 2020.6
（智慧丛书）
ISBN 978-7-5694-1949-8

Ⅰ.①生… Ⅱ.①张… ②赵… Ⅲ.①散文集－中
国－当代 Ⅳ.①I267

中国版本图书馆 CIP 数据核字(2020)第 076824 号

智慧丛书

生活如歌

主　编／张启明　赵洪恩

选题策划　王永民　　　　　　封面设计　李瑞芳
责任编辑　王永民　　　　　　责任印制　刘伟煜

出版发行　新疆文化出版社有限责任公司
地　　址　乌鲁木齐市沙依巴克区克拉玛依西街 1100 号（邮编：830091）
印　　刷　三河市刚利印务有限公司
开　　本　787 mm × 1 092 mm　　1 / 16
印　　张　13.25
字　　数　177 千字
版　　次　2020 年 6 月第 1 版
印　　次　2024 年 7 月第 2 次印刷
书　　号　ISBN 978-7-5694-1949-8
定　　价　48.00 元

目　录

第一章　启程了，人的生命才真正开始

第二章　快乐是在心里，不假外求

第三章 唯有激情，生命才是美丽而又永恒的

第四章 爱是创造奇迹的源泉

第五章　好朋友多了，自然就向上走了

第六章　悠闲的生活需要恬静的内心

第一章　启程了，人的生命才真正开始

生命中不是永远快乐，也不是永远痛苦，快乐和痛苦是相生相成的，等于水道要经过不同的两岸，树木要经过常变的四时，在快乐中我们要感谢生命，在痛苦中我们也要感谢生命。

——冰心

生命的力量

冰　心

我不敢说生命是什么，我只能说生命像什么。

生命像向东流的一江春水，他从最高处发源，冰雪是他的前身。他聚集起许多细流，合成一股有力的洪涛，向下奔注，他曲折地穿过了悬崖峭壁，冲倒了层沙泥土，挟卷着滚滚的沙石，勇敢快乐的奔流，一路上他享受着他所遭遇的一切，有时候他遇到山岩前阻，他愤激的奔腾了起来，怒吼着，回旋着，前波后浪的起伏催逼，直到他过了、冲倒了这危崖他才心平气和的一泻千里。有时候，他经过了细细的平沙，斜阳的芳草里，看见了夹岸红艳的桃花，他快乐而又羞怯，静静地流着，低低的吟唱着，轻轻地度过这一段浪漫的行程。他遇到暴风雨，这激电，这迅雷，使他心魂惊骇，疾风吹卷起他，大雨击打着他，他暂时浑浊了，扰乱了，而雨过天晴，只加给他许多新生的力量。有时候他遇到了晚霞和新月，向他照耀，向他投影，清冷中带些幽幽的温暖，这时他只想憩息，只想睡眠，而那股前进的力量，仍催逼着他向前走……终于有一天，他远远地望见了大海，呵！他已到了行程的终结。这大海，使他屏息，使他低头，她多么辽阔，多么伟大！多么光明，又多么黑暗！大海庄严地伸出臂儿来接引他，他一声不响的流入她的怀里。他消融了，归化了，说不上快乐，也没有悲哀！也许有一天，他再从海上蓬蓬的雨点中升起，飞向西来，再形成一道江流，再冲倒两旁的石壁，再来寻夹岸的桃花。

然而我不敢说来生，也不信来生！生命又像一棵小树，他从地底聚集起许多生力，在冰雪下延伸，在早春润湿的泥土中，勇敢快乐的破壳出来。他也许长在平原上，岩石上，城墙上，只要他抬头看见了天，呵！看见了天！他便伸出嫩叶来吸收空气，承受日光，在雨中吟唱，在风中跳舞，他也许受着大树的覆压，而他青春生长的力量，终使他穿枝拂叶的挣脱出来，在烈日下挺立抬头！他遇着骄奢的春天，他也许开出满树的繁花，蜂蝶围绕着他飘翔喧闹，小鸟在他枝头欣赏唱歌，他会听见黄莺轻吟，杜鹃啼血，也许还听见枭鸟的怪鸣。他长到最茂盛的中年，他伸展出他如盖的浓荫，来荫庇树下的幽花芳草，他结出累累的果实，来呈现大地无尽的甜美与芳馨。秋风起了，他将叶子，由浓绿吹到绯红，秋阳下他再有一番的庄严灿烂，不是开花的骄傲，也不是结果的快乐，而是成功后的宁静和怡悦！终于有一天，冬天的朔风，把他的黄叶干枝，卷落吹抖，他无力地在空中旋舞，在根下呻吟，大地庄严地伸出臂儿来接引他，他一声不响地落在她的怀里。他消融了，归化了，他说不上快乐，也没有悲哀！也许有一天，他再从地下的果仁中，破裂了出来，又长成一棵小树，再穿过丛莽的严遮，再来听黄莺的歌唱。

然而我不敢说来生，也不敢信来生。宇宙是一个大生命，我们是宇宙中之一息。江流入海，叶落归根，我们是生命中之一叶，大生命中之一滴。在宇宙的大生命中，我们是多么卑微，多么渺小，而一滴一叶的活动生长合成了整个宇宙的进化运行。要记住，不是每一道江流都能入海，不流动的便成了死湖；不是每一粒种子都能成树，不生长的便成了空壳！生命中不是永远快乐，也不是永远痛苦，快乐和痛苦是相生相成的。等于水道要经过不同的两岸，树木要经过常变的四时。在快乐中我们要感谢生命，在痛苦中我们也要感谢生命。快乐固然兴奋，苦痛又何尝不美丽！我曾读到一个警句，是"愿你生命中有够多的云翳，来造成一个美丽的黄昏"。世界、国家和个人的生命中的云翳没有比今天再多了。

启程了，人的生命才真正开始

崔晓柏

如果春风已经将田野吹绿，不会很远，秋霜一定会来将它染红，这是季节的律动；如果你现在活泼年轻，不会很久，岁月一定会使你老态龙钟，这是生命的律动。人不会永远年轻，来也匆匆，去也匆匆，朋友，快启程。

只有启程，才会到达理想的目的地；只有拼搏，才会获得辉辉煌煌的成功；只有播种，才会有收获；只有追求，才会品味堂堂正正的人生。金牌和花环从来就不是撞树而死的兔子，骄傲和自豪也不是漫天掉下来的馅饼。只瞄准不射击的不是好猎手，只呐喊不冲锋的不是好士兵。永远躺在摇篮里，四肢就会萎缩，永远待在黑暗中，双目就会失明。

也许，你航行了一生，也没有到达彼岸；也许，你攀登了一世，也没能登上顶峰。但是，能触礁的未必不是勇士，敢失败的未必不是英雄。不必太关心奋斗的结局如何，奋斗了，就会问心无愧；奋斗了，就是成功的人生。

人生的路，无需做过多的准备，只要你迈进，路就会在你脚下延伸，只要你扬帆，便会有八面来风。启程了，人的生命才真正开始；启程了，人才获得了人的聪明。

朋友，快快上路！

朋友，快快启程！

让生命的激情燃烧岁月

栖 云

张狂的时候，曾随一位朋友外出探险。那是太行山脉千山万壑围护着的一处幽谷，向导说，人迹罕至。仰望寂寥而深邃的天空，冥想鸟翼飞绝的意境，整个灵魂都被严严实实的山石包裹住了，与彻骨入髓的沉默对峙，简直让人烦躁难耐，束手无策。

然而我错了！转过狭窄凸凹的山麓，我的目光陡然间熊熊燃烧起来，你猜——

那是铺天盖地的野花啊！峭壁上，悬崖顶，岩缝间，坑坑洼洼的碎石块中，簇拥着数不清说不尽描绘不了的五彩缤纷、绚烂无比的野山花。熏风拂送，那些花就在浸着蜜香的山岚中，沉醉地跃下枝头，落英如雨，漫天飞卷，美极美极。

凝重而肃穆的崇山峻岭，并没有因为沉寂而冷漠，并没有因为无人喝彩无人光临就死气沉沉毫无生气，而是以灿烂的鲜花向寂寞挑战，以蓬勃的生机对生命负责。

所以，生命中的险恶没有什么恐怖，生命中的孤独没有什么缺憾，生命中的高墙与埋没无关，关键是：即使在始终无人注目的暗夜中，你可曾动情地燃烧，为了答谢这一段短暂的岁月？

让生命变成一支火炬

赵丽宏

一

假如生命是花。花开时是美好的，花落时也是美好的，我要把生命的花瓣，一瓣一瓣撒在人生的旅途上……

二

假如生命是草。决不因此自卑！要联合起所有的同类，毫不吝惜地向世界奉献出属于自己的一星浅绿。大地将因此而充满青春的活力。

三

假如生命是树。要一心一意把根扎向大地深处。哪怕脚下是一片坚硬的岩石，也要锲而不舍地将根须钻进石缝，汲取生的源泉。在森林和沃野做一棵参天大树当然很美妙；在戈壁沙漠和荒山秃岭中做一棵孤独的小树，给迷路的跋涉者以希望，那就更为光荣。

四

假如生命是船。不要停泊，也不要随波逐流！我将高高地升起风帆，向着未有人到达过的海域……

五

假如生命是水。要成为一股奔腾的活水啊！哪怕是一条小溪，也要日夜不停地、顽强地流，去冲开拦路的高山，去投奔江河……

六

假如生命是云。决不在天空里炫耀自己的姿色，也不只做放浪的飘游。要化成雨，无声地洒向大地……

七

假如生命是一段原木。做一座朴实无华的桥吧，让那些被流水和深壑阻隔的道路重新畅通！

八

假如生命只是一根枯枝。那就不必做绿色的美梦了，变成一支火炬吧，在黑夜中毕毕剥剥从头燃到脚……

生命在最困厄的境遇中才能升华自己

林 希

石缝间倔强的生命，常使我感动得潸然泪下。

是那不定的风把无人采撷的种子撒落海角天涯吧，尽管它们也能从阳光中分享到温暖，从雨水里得到滋润，但唯有那一切生命赖以生存的土壤却要自己去寻找。它们面对着的现实该是多么严峻啊！

于是，大自然出现了惊人的奇迹，不毛的石缝间丛生出了倔强的生命。

或者，只是一簇一簇无名的野草，春绿秋黄，岁岁枯荣。它们没有办法生长宽阔的叶子，因为寻找不到足够的营养，它们有的只是三两片长长的细瘦薄叶，细微的叶脉诉说着生存是多么艰难；甚至，它们竟在一簇簇细瘦的叶下长出根须，很少向母体吮吸点乳汁，然后自去寻找那不易被觉察到的石缝。

这就是生命。

生命的本能是多么尊贵，生命有权辉煌壮丽，生机竟是这样的不可抑制。

或者，就是一团团小小的山花，石缝间的蒲公英因山风的凶狂而不能长出高高的躯干，因山石的贫瘠而不能拥有众多的叶片，它们的茎显得坚韧而苍老，叶因枯萎而失去光泽，只有根竟似强固的筋条，仿佛柔中带刚的藤蔓，深埋在石缝狭隘的间隙里，默默成为攀登者可靠的抓绳。

生命就是这样被环境限制着，又被环境改变着，适者生存的规律尽管无情，但生命原本就是拼搏。

而最令人赞叹的是，石缝间还生长着参天的松柏，雄伟苍劲、巍峨挺拔。它们使高山有了灵气，一切生命在它们面前都显得苍白逊色。它们的躯干顽强地从石缝长出来，向上，向上，向上是多么的艰难，扭转地，旋转地，每一寸树皮都结着伤疤，每长一寸都要经过几度寒暑，几度春秋。然而它们终于伸展开了繁茂的枝干，团簇着永不凋落的针叶。它们耸立在悬崖断壁、高山峻岭，盘根错节地从一个石缝间扎进去，又从另一个石缝间钻出来，像犀利的鹰爪抓住了栖身的岩石。

有时，一株松柏的根须竟要爬满半壁山崖，似把累累的山石用一根粗绳紧紧缚住，因此才能迎击狂风暴雨的侵袭，才能为自己占有一片天地。

如果一切生命都不屑于去石缝间寻求立足的天地，那么，世界上将会有一大片的地方成为永远的死寂。飞鸟无处栖身，生命将要绝迹。而如果一切生命都只贪恋于黝黑的沃土，它们又如何完备自己驾驭环境的能力，在一代一代的繁衍中，变得愈加坚强呢？

愿一切生命都敢于去寻求最艰苦的环境。生命正是要在最困厄的境遇中，才能发现自己、认识自己，从而才能锤炼自己、彰显自己，最后完成自己、升华自己。

石缝间顽强的生命具有如此震慑人的力量，它使地球变得神奇辉煌，更揭示了壮丽的心灵世界。

美丽因生命而存在，生命因美丽而永恒

雪　子

真正美丽的生命执着地追求着真善，它不会趋炎附势地扭曲自己的形象，涂改自己灵动的线条，更不会让自己美丽的底色染上尘污。除非用烈火将其燃为灰烬，使之化为尘埃，否则，美丽的生命就像一条清澈的小溪，永远百折不回乐观坚强地奔向大海，直到最后一滴。

有时，它也许会被冷酷地阻断；有时，它也许会被无情地搁浅；更甚至，它还未及瞥一眼那夜幕下美丽灿烂的星海苍穹，未及静静地谛听一声那宇宙深处的清纯之音，就已被意想不到的庸俗与险恶一下子毁得千疮百孔、奄奄一息……

生命之所以美丽，正在于它有血有肉的过程中，始终高扬着一个美丽的主题；美丽之所以永恒，正在于生命的底蕴中，始终流动着人类对世界最纯粹的良知与渴望。

于是，美丽因生命而存在，生命因美丽而永恒。这是一个连上天也祈求的统一。

责任人生

梁实秋

的确是，想飞是人人有的愿望。我小时候常做梦，一做梦就是飞，一跺脚就离地一尺多高，再一扑通就过墙了，然后自由翔翔在天空里，非常适意。有时在梦里飞不起来，飞到三四尺高就掉下来，怎样挣扎也不中用，第二天早晨醒来便头痛欲裂。这样想飞的梦，我足足做了有十年八年之久。虽说这只限于梦，虽说这只是潜意识的活动，但也影响到我的思想。我译过巴利的《潘彼得》是一部童话，也是只有成年人才能充分赏识的童话，里面的那个永远长不大的孩子潘彼得，真是令每一个成年人羡煞而又愧煞的角色！这一部《潘彼得》撩起了我对童年和纯洁天真的向往。其实哪一个人在人生的坎坷的路途上没有过颠簸？哪一个不再憧憬那神圣的自由的快乐的境界？不过人生的路途就是这个样子，抱怨没有用，逃避不可能，想飞也只是一个梦想。人生是现实的，现实的人生还需要现实的方法去处理。偶然做个白昼梦，想入非非，任想象去驰骋，获得一时的慰安，当然亦无不可，但是这究竟只是一时有效的镇静剂，可以暂时止痛，但不根本治疗。人生的路途，多少年来就这样地践踏出来了，人人都循着这路途走，你说它是蔷薇之路也好，你说它是荆棘之路也好，反正你得乖乖地把它走完。所以，想飞的念头尽管有，可是认真不得。如果真以为诗是有翅膀的，能把诗人带起到天空，海阔天空地俯瞰这乌烟瘴气的人世间，而且能长久的凭虚御空，逍遥于昊天之上，其结果一定是飞得越高，跌得越重，血淋淋地跌在人生现实的荆棘之上。像徐志摩那样！这也是一切浪漫诗人的公式，不独志摩为然。

梁任公先生说过，人生最快乐的事莫过把应尽的责任尽完。他揭示出"责任"二字为人生最重要的一件事，此事一毕，了无遗憾，真是一个最稳健的看法。

心不死，毅力在，生命可以重建

李尚朝

连续几个黄昏，我经过那条小溪时，在一片垂柳下我总看见一位年轻人在那儿垂钓。他的手法与运气不错，连连钓起那些一两左右的小鱼，可他却并不要，又连连地丢在溪水里。我以为他嫌小。过了一会儿，他拉上来一条一斤重的鲤鱼，我叫起好来，心想这下他该露出欢颜了。他小心翼翼地从鱼鳃上取下钩，爱抚地摸了摸活蹦乱跳的鱼，突然，鱼脱手掉到了水里。我禁不住"啊"了一声，他回头看了看我，很晦涩地笑了笑。我说："真可惜！"他含糊地摇摇头，说了句："幸运的鱼！"从他那忧郁的脸色上，我看出他内心有着深深的伤痛。我试着问他："干吗要把鱼钓起来又丢掉？"他说："我仅仅是在寻找一种折磨生命的感觉。"

"折磨？"

他苦笑了一下，"折磨真是一种享受！这几天我一直在这样享受着。"停了一下，他又自言自语："可这真是一种享受吗？"

他直直地盯着我，想要寻根究底似的急促地问我："你告诉我，被我放走的那些鱼，算不算获得了再生？"

我不知道该怎样回答他才好，显然他的心灵受到过莫大的打击，如果我的回答稍有偏差，对他的人生就可能铸成大错。我只有碰碰运气了。

我顺手折了一枝柳条，插在堤边的湿土里，对他说道："这柳条如果经过这个夏天，熬过了骄阳的炙烤，长出根须，到明年长成一棵小小的柳树，对于原来的那枝柳条来说，它便获得了再生。至于那些鱼，它们被你钓起便受到了伤害，如果被他人钓去，可能会丢掉性命。然而它们毕竟被你放了，它们需要去休养，去战胜自己的创痛，也许有的会死去，而另一些坚强者会很快地活过来，对于它们的命运来说，它们也算是获得了再生。"

"那么人呢？"他问，"人是不可以再生的……"随即他又悲叹起来。

他的问话让我想起了《封神演义》中的一个故事：

比干被妲己挖去心脏，但仍未死，他在回家的途中遇到了一个卖无心菜的老妇人，问："菜无心如何？"妇人答："能活。"又问："人无心呢？"这老妇本为妲己所化，便斩钉截铁地答道："必死！"比干抱着的最后一线希望被摧毁了，倒地身亡。

我给他讲了这个故事，他提起渔竿，轻轻地拍了一下我的肩，说："谢谢！我懂了！我还有心在。人的生命是不能再生的，但只要心不死，毅力还在，肌体是可以再生的，心也是可以复活的，是吧？"

看到他的身影渐远渐小，我在心里说："谢天谢地，我没有说错话，一颗心再生了。"

生命的价值在于自我看重，自我珍惜

杨小云

有一个生长在孤儿院中的男孩，常常悲观地问院长："像我这样没有人要的孩子，活着究竟有什么意思呢？"

院长总笑而不答。

有一天，院长交给男孩一块石头说："明天早上，你拿这块石头到市场去卖，记住，不论别人出多少钱，绝对不能卖。"

第二天，男孩蹲在市场角落，意外地竟有好多人要向他买那块石头，而且价钱愈出愈高。回到院内，男孩兴奋地向院长报告，院长笑笑，要他明天拿到黄金市场去叫卖。在黄金市场，竟有人出比昨天高十倍的价钱要买那块石头。

最后，院长叫男孩把石头拿到珠宝市场上去展示。结果，石头的身价较昨天又涨了十倍，更由于男孩怎么都不肯卖，竟被传扬成"稀世珍宝"。

男孩兴冲冲地捧着石头回到孤儿院，将这一切禀报院长。院长望着男孩，徐徐说道：

"生命的价值就像这块石头一样，在不同的环境下就会有不同的意义。一块不起眼的石头，由于你的珍惜、惜售而提升了它的价值，被说成稀世珍宝。你不就像这石头一样？只要自己看重自己，自我珍惜，生命就有意义，有价值。"

从容品尝生命的滋味

席慕蓉

一

电话里，T告诉我，他为了一件忍无可忍的事，终于发脾气骂了人。

我问他，发了脾气以后，会后悔吗？

他说："我要学着不后悔。就好像在摔了一个茶杯之后又百般设法要再粘起来的那种后悔，我不要。"

我静静聆听着朋友低沉的声音，心里忽然有种怅惘的感觉。

我们在少年时原来都有着单纯与宽厚的灵魂啊！为什么，为什么一定要在成长的过程里让它逐渐变得复杂与锐利？在种种牵绊里不断伤害着自己和别人？还得要学不去后悔，这一切，都是为了什么呢？

那一整天，我耳边总会响起瓷杯在坚硬的地面上破裂的声音，那一片一片曾经怎样光润如玉的碎瓷在刹那间迸飞得满地。

我也能学会不去后悔吗？

二

如果我真正爱一个人，则我爱所有的人，我爱全世界，我爱生命。如果我能够对一个人说"我爱你"，则我必能够说"在你之中我爱一切人，通过你，我爱世界，在你的生命中我也爱我自己"。

——E·佛洛姆

原来，爱一个人，并不仅仅只是强烈的感情而已，它还是"一项决心，一项判断，一项允诺"。

那么，在那天夜里，走在乡间滨海的小路上，我忽然间有了想大声呼唤的那种欲望也是非常正常的了。

我刚刚从海边走过来，心中仍然十分不舍把那样细白洁净的沙滩抛在身后。那天晚上，夜凉如水，宝蓝色的夜空里星月交辉，我赤足站在海边，能够感觉到浮面沙粒的温热干爽和松散，也能够同时感觉到再下一层沙粒的湿润清凉和坚实，浪潮在静夜里声音特别缓慢，特别轻柔。

想一想，要多少年的时光才能装满这一片波涛起伏的海洋？要多少年的时光才能把山石冲蚀成细柔的沙粒并且将它们均匀地铺在我的脚下？要多少年的时光才能酝酿出这样一个清凉美丽的夜晚？要多少多少年的时光啊，这个世界才能够等候到我们的来临？

若是在这样的时刻里还不敢说出久藏在心里的秘密，若是在享有的时候还时时担忧它的无常，若是在爱与被爱的时候还时时计算着什么时候会不再爱与不再被爱，那么，我哪里是在享用我的生命呢？我不过是不断地在浪费它、在摧折它而已。

那天晚上，我当然还是要离开，我当然还是要把海浪、沙岸，还有月光都抛在身后。可是，我心里却是感激着的，所以才禁不住想向这整个世界呼唤起来：

"谢谢啊！谢谢这一切的一切啊！"

我想，在那宝蓝色深邃的星空之上，在那亿万光年的距离之外，必定有一种温柔和慈悲的力量听到了我的感谢，并且微微俯首向我怜爱地微笑起来了吧！

在我大声呼唤着的那一刻，是不是也同时下了决心，作了判断，有了承诺了呢？

如果我能够学会了去真正地爱我的生命，我必定也能够学会去真正地爱人和爱这个世界。

三

所以，请让我学着为自己的行为负责，请让我学着不去后悔，当然，也请让我学着不要重复自己的错误。

请让我终于明白，每一条走过来的路径都有它不得不这样跋涉的理由；请让我终于相信，每一条要走上去的前途也有它不得不那样选择的方向。

请让我生活在这一刻，让我去好好地享用我的今天。

在这一切之外，请让我领略生命的卑微与尊贵。让我知道，整个人类的生命就犹如一件一直在琢磨着的艺术创作，在我之前早已有了开始，在我之后也不会停顿不会结束，而我的来临我的存在，却是这漫长的琢磨过程之中必不可少的一点，我的每一种努力都会留下印记。

请让我，让我能从容地品尝这生命的滋味。

青年人啊，起来飞翔吧

叶圣陶

一片可怕的寂静。

那寂静不是死亡吗？

得不到个回答，只遇见个寂静，可怕的情绪是只会增高，不会消除的。

幸而回答来了。

在某一个集会上，青年人当着中年人老年人慷慨地说，"我们青年人并没有忘了我们该做的事儿。你们中年的老年的先生们肯说肯干，我们与你们是一伙儿。"

在某一处地方，青年人把积蓄在心头的种种问题写了出来，说了出来，邀请许多先生进来共同讨论，求个解答。那一天热烈的情况，据说最近若干年间是少见的。

还有些谈话的片段。青年人说，"我们并没有消沉，您不能只看外表。"青年人说，"我们明白什么是什么，挂羊头，卖狗肉，对于我们不发生影响。"青年人说，"我们知道有所为，也知道有所不为。您不留意，自然看不出，请从今为始，留意看我们的。"

还有其他。

从此可见那寂静不是死亡。那只是动物在蛰伏时期似的一种状态。动物经过了蛰伏时期，不是要起来飞翔，奔驰，跳跃，在世间各自演出一场生动活泼的戏吗？不是死亡，绝对不是死亡，所以并不可怕。到将来起来飞翔、奔驰、跳跃的时候，更将使人们欢欣鼓舞，喜不可支。

动物从蛰伏到飞翔，奔驰，跳跃，由于季节的改换。青年人在寂静了一阵子之后，旧的季节过去了，新的季节到来了，也就会冲破那寂静，起来飞翔，奔驰，跳跃。如今，寂静达到了它的最高限度，可以测日的季节即将过去，时势等待着青年人起来飞翔，奔驰，跳跃，可以说新的季节即将到来。青年人啊，起来飞翔吧！奔驰吧！跳跃吧！以往你们的寂静不是死亡，凭你们的真诚，没有人不相信。今后你们冲破那寂静，起来飞翔，奔驰，跳跃，更将给人个真凭实据，使人硬要不相信而不可得。

动物从蛰伏状态中起来的时候，也许会遇到一阵寒冷，一阵风暴，因而受到伤害。同样情形，冲破寂静的青年人将会遇到一阵寒冷，一阵风暴。人间的季节是比自然的季节更多变幻的。可是青年人并不顾虑这个，就是伤害等候在面前也不顾虑。因为青年人有所信。没有什么东西比"信"更坚强的。此时此地必须行我所信，那就刀锯汤镬有所不避。

说到"信"，细说起来虽有多端，简要说来不过一项。一切思维行动以大众幸福为本位，那是要得的，值得拥护的，应该身体力行的。反过来，一切思维行动不以大众幸福为本位，甚至要牺牲大众幸福，那是要不得的，必须排斥的，应该加以扫荡的。就是这么一项。青年人就信这么一项。

没有这项信念的，即使年纪轻轻，油头光脸，实际上算不得青年人。具有这项信念的，即使年迈力衰，头童齿豁，实际上依然是青年人。通常说青年，中年，老年，只从形貌上判别；若从精神上判别，就得丢开形貌，看他的信念。而前面所说的信念是与青年的世界相适应的。老年的世界将要消亡了，青年的世界正在成长。凡与青年的世界相适应的，才是真正的青年人，精神上的青年人。

真正的青年人啊，精神上的青年人啊，起来飞翔吧！奔驰吧！跳跃吧！

无视客观环境，当然不对。可是，把客观环境看得太严重，把一切责任往客观环境一推，也要不得。

如果客观环境一向就非常之好，也就不会有你们那一阵子的寂静，也就无须乎你们起来冲破寂静。惟其客观环境不怎么好，甚至非常之不好，才有以往那样的寂静，以及如今的亟待冲破。能不能把客观环境改变过来，全看你们的冲破有没有力量。

"我们反对不顾一切客观条件的观念论的梦呓家，我们反对客观条件决定一切的机械的懒惰汉。我们承认，一定限度的客观条件是精神活动的基础，但是我们必须指出，政治的发展和文化的发展不是两条平行的直线。不仅如此，在历史上，苦难往往是文化的诞生之母。在我们的历史中，也不乏光辉的先例。司马迁说，文王拘而演《周易》，仲尼厄而作《春秋》，屈原放逐，乃赋《离骚》，左丘失明，厥有《国语》正是同一的现象。"（《中原》第三期于潮先生作《方生未死之间》）

景慕往哲，固然是好。然而徒然景慕，实际上没有什么好。要紧的是拿出力量来，踏着往哲的道路，从苦难中争取前途的光明。

梦开始的地方，是最美的地方

野　平

昨天，一位 17 岁的小女孩让我看她写的诗，其中一首叫《梦开始的地方》写得很高贵、灵动：

夕阳终于傲不过星星的执着/便串上我一身湿润/寄给星辰的谈话……不管路多长/不管浪多大/不管风多狂/只要梦一启程/就要靠航……

这使我想起了一位哲人的话："真正的幸福不在于目标是否达到，而在于为达到目标的奋斗之中。"

是啊，最初的梦最真，最初的梦最有锐气，尽管常伴有幼稚。若每个人都保持最初的梦的那份清纯、那份投入、那份锋芒，这世界将是另一种样子：没有虚伪、没有世俗，阳光、鲜花和爱意时刻荡漾在每个人的胸膛。

最初的梦也是难实现的，但却能维系一个人的一生，尤其是拥有最初的梦时的那种感觉和为这种感觉而追寻的快乐。还有人说，按照最初的梦义无反顾地做下去，败了也无悔。这个世界正因为有不少追梦人，尤其是追逐最初的梦的人，才充满了创造的活力。

我很赞同著名青年诗人于坚的人生观："像苍天一样思考，像市民一样生活。"严峻的现实并不像我们做梦那样简单，强大的世俗又不断地干扰我们的梦。如果最初的梦未能如愿，至少精神应留在灵魂的深处。

八年前，我曾有机会拥有那最真的初恋；六年前，我曾有机会拥有更好的工作环境。从根本上来说，都是自身的原因错过了。希望比我年轻的朋友懂得早些、深些，像那位小女孩一样，从梦一开始，就牢牢抓住。梦开始的地方，是最美的地方，也是稍纵即逝的地方。

正直人生（二章）

虞荣舜

人生是一次远航，沿途擦船而过的有狂涛的喧嚣，有数不尽的虚浮的浪沫，但这一切均无损于海的光明磊落，海的坦荡忠诚。

挺立的帆桅，从不畏惧前方的惊涛狂飙，不躲避身旁的暗流漩涡，以不折不挠的正直和骨质的硬朗，毅然竖于波澜迭起的浪峰。执着不舍的是笑迎风浪的桨声，是直面逆境的帆影……

正直是真理奋然崛起的树冠，是让正义点燃的熊熊圣火。媚俗之笔，绘不出壮美的画卷，虚饰的包裹，终掩不住内在的浅薄和怯懦，唯有正直之心才吟出掷地有声的座右铭：富贵不能淫，贫贱不能移，威武不能屈。

泰山压顶色不变，因为有勇气在；海啸扑面胆不颤，因为有豪情在；强权压身志不改，因为有正直在。人可以没有权势和尊位，但不能没有正直，可以不要奖杯和墓碑，但不能不要大写的"人"字。

司马迁刚直不阿，留下了辉古烁今的史家绝唱；闻一多宁折不弯，铸就了《最后的演讲》的正气篇章。煌煌史篇无不证实了：正直站立，需要用一生锤炼。

正直，不容半点雕琢与伪饰，也不怕流言与暗箭，它是信仰的自然涌动，是人格的自我锻冶。于是凭借正直的风骨，青春才阳刚永恒，靠着正直的坚韧，人生才能抗压防折。

陪衬人生

一位残疾军人曾写下了他对生命的独特体验：我的存在似乎是"为健全的人作陪衬的，只要我往健全的人面前一站，他们能知道还有这样的人活在世界上，从而珍视自己的一切，那么我陪衬人生也是有意义的。"多么无私超然的胸怀，多么旷达宽宏的境界！

是的，一个人的生命不管多么凡俗或缺憾，但只要日夜兼程，自强不息，这个过程也是一种美丽，一种不朽。世界不正是在众多的陪衬中才烘托出辉煌和真谛吗？你是一簇小草，就散见于花卉一旁，扶持出绚烂；你是一片云絮，就点缀在蓝天，映衬出一道彩虹；你是一朵浪花，就融进大海，化作一种壮阔吧。

白衣天使，默默奉献，那是救死扶伤的陪衬；辛勤园丁，甘为人梯，那是桃李满天下的陪衬；军人的妻子甘作牺牲，那是"军功章里的一半"的陪衬；"甘为他人作嫁衣"的编辑，幕后的配音演员以及跌打滚爬的陪练运动员等，不都是一种陪衬人生吗？这里没有名利的争逐，也没有荣辱的计较，有的只是垦荒牛式的寂寞，春蚕般的吐露。看够了滚滚红尘、汩汩物欲，看够了欺世盗名，尔虞我诈以后，我们才真正懂得这种种陪衬的博大与尊贵。"枫叶把整个青春献给了太阳以后，它就具有了太阳的光彩。"

朋友，你难道没有感觉到，这平淡的陪衬不也是一种美丽，一种充实的景观吗？

打开自家的宝藏

他　他

很多的时候都是这样：人们往往赞不绝口地夸奖别人的优点、长处和已经取得的种种成绩，却忘记了自身也具备着许多优秀的品质，自己也可以像别人一样，拥有一份令人艳羡的荣誉。

所以，你必须学会打开自家的宝藏，发挥自己的特长，把自己的伟大之处也摆放到人生的桌案上。

人和人都不是绝对的一样，每一个人都有自己的特色，每一个人都有其独特的魅力，有的人歌唱得好，有的人舞跳得好，有的人乐器演奏得好……每一个人都有一个宝藏，完全可以挖掘下去，使自己的手艺变成闪光的金子。

有很多人也发现了自家的确存在着宝藏，但是，由于怯懦和自卑，却不敢去开采，结果宝藏慢慢地就被时光的灰尘掩埋了，以至于被压得越来越深，最后看不见一点点光彩。

你为什么不去想一想：别人的宝藏并不见得比你多，可是，别人却都成功了，你又有什么不能的呢？

也有很多人，只顾着去欣赏别人，忘记了发现和挖掘自家的宝藏，结果，平庸了一生，没有任何一丝出色的地方。其实，你的宝藏并不见得有多么难以衡量，开车不如他，跑步总在行吧？朗诵不如他，演讲他不是很差吗？总而言之，你一定会有一方面是出类拔萃的，或者这方面你现在还没有出类拔萃，但是将来总有一天会出色发挥的。

这方面就是你自家的宝藏。

找到了你的宝藏，然后再去锻炼、实践、努力，把蒙罩在珠宝上的灰尘拭去，让它发光，让它闪亮，让世人都发现你独到的美丽和独有的光芒，你就已经打开了你自家的宝藏。

把脸上的无奈删去

宋　勇

紧锁的双眉，翘耸的鼻端，微撇的嘴角，借助摇晃着的脑袋和胸前摊出的双手，一眼可见你的脸上写着：无奈。太让人熟悉了：高考落榜能看到你，工作落聘能看到你，惩腐无效能看到你，恋人绝情也能看到你，改革遇阻更能看到你……

如果无奈稍纵即逝，会让人感到宽慰，因为无奈消失过后就会是强者的坚毅；如果无奈仅仅是愤懑，会得到人们的赞许，因为人们可以从中感受到正义者的豪气；如果无奈只是玩笑式的调侃，人们或许会乐于参与，因为那是一种智慧者幽默的随意。

最可怜的是这样一种无奈：它像雕像，面部神经已经僵滞；它似怒狮，发作起来歇斯底里；它如散仙，随处兜售玩世不恭的情绪。

朋友，把脸上的无奈删去！强者的面前永远没有无奈！让真理帮你荡去无奈，"林花扫更落，径草踏还生"，事物总是向前发展的，荡去了无奈，你就会重新踏上前进的列车；让乐观帮你征服无奈，"莫为霜台愁岁月暮，潜龙须待一声雷"，征服了无奈，你就会获得新的发展机遇；让坚毅帮你改写无奈，"千磨万击还坚韧，任尔东西南北风"，改写了无奈，你就会赢来胜利的欢愉；让智慧帮你战胜无奈，"智慧是命运的征服者"，不要说"没有办法"，那只是低能儿的口头禅，战胜了无奈，你就会成为顶天立地的英雄！

在命运之神面前挑战

罗　西

毛泽东主席晚年横渡长江，这是挑战；20 世纪 90 年代中国人为申办 2000 年奥运而高喊"给北京一个机会，还世界一个奇迹"，这还是挑战。当我们的同胞柯受良先生飞车跃过长城的一刹那，我热泪盈眶——超越极限，挑战极限，这是何等的气魄啊！坐着比躺着好，站着比坐着好，而站着不跑，不飞，旋律何在？速度何在？气势何在？柯受良的行动，在我看来不仅仅是一种爱国举动，也是一个挑战者最豪迈的宣言书。

世界上没有什么可怕的事，只有我们还不知道的事。明知山有虎，偏向虎山行。这个时代需要漂亮的目击者，更需要勇敢的挑战者。

一个人在爱神面前，可以甜蜜地许诺什么；但一个人在命运之神面前，应该庄严地宣告什么。富兰克林死后，人们为他写下这么一个墓志铭：从霹雳里取得电流，从暴君处取得民主。富兰克林一生都在挑战，他敢于正视命运，也蔑视命运。确实，只要你不低头，还会有谁敢骑在你的脖子上？

所有的退却，都有借口；而所有的挑战，没有理由，只有信念，必胜的信念！

不让青春流逝

李作明

当又一个秋天的收获带有批谷，当又一次失败使青春的绿地多一片荒芜，当又一回沮丧和失意占据年轻的心……我竟未曾想过，这是宝贵的青春在流失。

青春流失，也许是年轻最可怕的慢性病，它无法让人明显知觉，却在无声无息中丧失你开拓的信念；它像一例顽症，在侵蚀青春肌体的腐变中消磨你的锐气。它没有任何警示的招牌，没有一份可供你警醒的病历卡，可却让你的青春渐渐褪色、枯黄……

时光的流失是不可抗拒的必然，而青春的流失则是无可置疑的过错——那么，我们怎么有理由不去阻止这种可怕的流失，怎么有理由不去抑制这种比丧失时光更可怕的丧失？！如果我们真的珍惜这仅有的一生时光，珍惜这仅有的一次生命以及这仅有的一段青春，如果我们真的认识到只有靠不懈的信心和勇气，才能完成这种珍惜价值的获得——那么，让我们在自己青春跑道的站牌上刷新这样的一行字：不让青春流失！

不让青春流失，我们才有饱满的收获，哪怕曾有难熬的干旱或风雨；不让青春流失，我们生命的原野才能充满新绿，哪怕经历过霜雪的摧残；不让青春流失，将来我们才有理由说一句：青春无悔！

让梦想飞翔

陈大明

春天的花秋天的果，没有梦想的日子你怎么过？

小时候睁着双新奇的眼睛把当天文学家的梦想偷偷向蓝天诉说。慢慢长大了，你暗暗握紧了小拳头，直到大学毕业，你还在表决心：我要为之奋斗！

还有很多青年朋友在很小的时候就有各种各样的梦想，做文学家、当演员、参军、读研究生……梦想让你膜拜星空，梦想助你涉过坎坷，梦想使你热血沸腾，并且走到今天。

可不知在哪天——或许是在你的姓名被高考中榜的消息遗落了的那天；或许是在你怀揣毕业推荐表四处受冷落的那一天；或许是在下岗后徘徊在寂寞街头的那一天；又或许是在洪水冲垮了你的家园的那一天……你对这个世界越来越灰心，对自己越来越悲观，你无数次地问自己：曾经的梦想有没有错？

又不知从什么时候起——或许是在利用父母的关系轻而易举地得到了一切时起；或许是在看到周围的伙伴都往钱眼里钻时起；或许是在唱完一首所谓的流行歌曲便得到了成捆的钞票时起；又或许听到别人说你"不合时宜"时起……你对这个社会越看越复杂，对自己越来越陌生，你终于发现：曾经的梦想已走得太远太远……

它还会回来吗？就像冬天过后春天重返；它还能飞翔吗？就像秋归春来的燕子的翅膀；你是多么渴望，就像分手的恋人梦想再携手。

你开始觉得空虚，无聊的落寞，甚至绝望、消沉，无所依托。

看吧，这是可怕的时代病。年轻的朋友，千万别轻易地把你纯净、美好和最初的梦想丢掉。

让梦想飞翔，在心里永远珍藏那份青春的美好和健康向上的向往。

让梦想飞翔，在心里永远保留那份执着的追求和热烈激越的愿望。

马活驰骋人活梦想。坚持梦想，让梦想飞翔，迎上风雨，奋力振翼，让最初的梦想成真！

你是富翁

霜 枫

你可能是寒窗苦读的中学生，还不到挣钱花钱的年龄；你可能是跨入"骄子"行列的大学生，靠父母的血汗在拼搏，本该是潇洒的时候却囊中羞涩；你可能是待业在家的青年，正为找不着门路发财而愁眉不展，苦苦思索；你可能刚刚参加工作，捏着几张微薄的人民币不知所措；你可能是土生土长的农村青年，望着弯弯的乡间小路，不知如何才能走进富裕的生活……

即便如此，我还是肯定地说：你是富翁！尽管你一无所有，可你拥有年轻！年轻便是一笔财富呀！而且是世界上最令人羡慕最有价值的财富！在这笔财富面前，世界上任何东西都黯然失色。

是的，年轻就是财富。虽然你现在还只是一株稚嫩的幼苗，然而只要坚韧不拔，终会成为参天大树；虽然你现在只是涓涓细流，然而只要锲而不舍，终会拥抱大海；虽然你现在只是一只雏鹰，然而只要心存高远，跌几个跟头之后，终会占有蓝天……

应该羡慕和钦佩世界上的巨贾大亨，那是拼搏和奋斗的结晶；也应该自信自己是富翁，因为你还年轻。美国一位亿万富翁望着朝气蓬勃的年轻人，无奈而又遗憾地宣布，如果可能，他愿意用他所有的财富买回年轻！如此，你还不为自己骄傲吗——

你这个富翁！

注　目

龚后雨

我们的年龄，应该是美丽地开放着微笑花的年龄；是大大方方地对每个人都说你好的年龄；是在舞厅里潇洒得让许多视线发热的年龄。可是朋友，你为什么总是锁眉沉默或冷若冰霜，总是把自己关在孤独的小屋里企望超脱所谓的红尘呢？

是的，生活不会永远像春晨的阳光那样温馨净朗；不会像无风的蓝天中飞翔的和平鸽那样舒适安逸。生活本身就是一张有喜有怒有哀有乐的善变的脸呵——渴望爱情的，可能是难觅知音；忠于友谊的，可能却被"朋友"暗算；追求事业成功曙色的，可能总是处于难堪的暗夜……

可是，朋友，有哪个水手因为大海那黛色波涛的狂谑而断绝自己对大海深深的眷恋呢？有哪个农夫因为泥土的贫瘠荒凉而放弃自己对泥土寄予的一片厚望呢？有哪个战士因为阵地上弥漫的硝烟而失去自己对阵地的赤胆忠诚呢？

朋友，快走出自我灰暗的小屋，充满信心地走向鲜花与风雨共生的生活之路，走向热烈地期待着与你同行的朋友们，走向那些温暖地注视着你的目光——让我们互相注目。

青春就是太阳

邓康延

中国的神话中,《夸父逐日》的故事颇为悲壮。当夸父一路追到太阳入口处时,焦渴难耐,一口气喝干了黄、渭两条河水,最终仍渴死于路上,遗下的木杖变成了邓林。

后来,有两位诗人先后神游了邓林,各留下一首气贯长虹的诗行。

台湾诗人余光中长吟道:"……壮士的前途不在昨夜,在明晨/西奔是徒劳,奔回东方吧/既然是追不上了,就撞上。"而大陆青年诗人杨炼对夸父的批评更是直截了当:"他才一上路/便已老了/因为青春就是太阳。"

从茫然地追寻太阳,到聪明地撞上太阳,再到勇敢地成为太阳,实在是国人步步攀援向上的象征啊!

于是,超越昨天的自我,就成为当代青年的另一种逐日壮景,只因为——青春就是太阳。

找

张玉庭

有个字眼意味挺深长,什么字眼?找。

有句挺精彩的俏皮话就带"找"字:编个花冠并不难,难的是找到一个合适的脑袋。

细品这个"找"字,他果然能给人一个重要的启迪——原来,花冠再漂亮再美不胜收,只要戴在不合适的脑袋上,那漂亮就会立刻沦为一种尴尬!反之,即便您的那个花冠并不怎么样,但只要您能"找"到了那个"合适的脑袋",您就能立刻创造出一个叫做"美丽"的奇迹!

于是想起了泰戈尔的一句哲理诗："我小心翼翼地在她的心弦上寻找着可以和我共鸣的声音，找到了它，我也就得到了她！"

不是吗？正如传说中找凤凰的人，总是"小心翼翼"地"找"着梧桐树，而一旦"找"到了梧桐树，也就找到了那神奇的凤凰！

原来——聪明就是"找"：

聪明的种子，是找准了土地才扎根的那种！

聪明的渔夫，是找准了地点才抛钩的那种！

聪明的猎人，是找准了脚印才下网的那种！

那么，您呢？您聪明吗？

每一次的重生，便是一个新的人

三　毛

相信我，我跟你一样死去活来过，不只是你，是我，也是所有的人，多多少少都经历过这样的人生。虽然我们和别人际遇不同，感受各异，成长的过程也不一样，而每一个人爱的能力和生命力也不能完全相同的衡量，可是我们都过下来了，不只是你我，而是大家，所有的人类。

我们经历了过去，却不知道将来，因为不知，生命益发显得神奇而美丽。

不要问我将来的事情吧！请你，ECHO，将一切交付给自然。

生活，是一种缓缓和夏日流水般的前进，我们不要焦急，我们三十岁的时候，不应该去急五十岁的事情，我们生的时候，不必去期望死的来临。这一切，总会来的。

我要你静心学习那份等待时机成熟的情绪，也要你一定保有这份等待之外的努力和坚持。

ECHO，我们不放弃任何事情，包括记忆。你知道，我从不希望你埋葬过去，事实上过去没有必要，也没有可能从生命里割舍，我们的今天，包括一个眼神在内，都不是过去重重叠叠的生命延长的影子吗？

说到这儿，你对我笑了，笑得那么沉稳，我不知道你心里在想什么，或许你什么也不想，你只是从一场筋疲力尽的休息中醒来，于是，你笑了，看上去有些暧昧的那种笑。

如果你相信，你的生命是野火烧不尽，春风吹又生，如果你愿意真正的从头再来过，诚诚恳恳的再活一次，那么，请你告诉我，你已从过去里释放出来。

释放出来，而不是遗忘过去——

现在，是你在说了，你笑着对我说，伤心是可以分期摊还的，假如你一次负担不了。

我跟你说，有时候，我们要对自己残忍一点，不能纵容自己的伤心，有时候，我们要对自己深爱的人残忍一点，将对他们的爱、责任、记忆搁置。

因为我们每一个人都是独特的个体，我们有义务要肩负对自己生命的责任。

这责任的第一要素，ECHO，是生的喜悦。喜悦，喜悦再喜悦。走了这一步，再去挑剔责任吧！

我相信，燃烧一个人的灵魂的，正是对生命的爱，那是至死的方休。

没有一个人真正知道自己对生命的狂爱的极限，极限不是由我们决定的，都是由生活经验中不断试探中提取得来的认识。

如果你不爱生命，不看重自己，那么这一切的生机，也便不来了，ECHO，你懂得吗？

相信生活和时间吧！时间如果能够拿走痛苦，那么我们不必有罪恶感，更不必觉得羞耻，就让它拿吧！拿不走的，自然根生心中，不必勉强。

生活是好的，峰回路转，柳暗花明，前面总会另有一番不同的风光。

让我悄悄地告诉你！ECHO，世上的人喜欢看悲剧，可是他们也只是看戏而已，如果你的悲剧变成了真的，他们不但看不下去，还要向你丢汽水瓶呢。你聪明的话，将那片幕落下来，不要给人看了，连一根头发都不要给人看，更不要说别的东西。

那你不如在幕后也不必流泪了，因为你也不演给自己看，好吗？

虽然，这许多年来，我对你并不很了解，可是我总认为，你是一个有着深厚潜质的人，这一点，想来你比我更明白。

可是，潜质并不保证你以后一定能走过所有的磨难，更可怕的是，你才走了半生。

在我们过去的感受中，在第一时间发生的事件，你不是都以为，那是自己痛苦的极限，再苦不能了。

然后，又来了第二次，你又以为，这已是人生的尽头，这一次伤得更重。是的，你一次又一次的创伤，其实都仰赖了时间来治疗，虽然你用的时间的确是一次比一次长，可是你好了，活过去了。

医好之后，你成了一个新的人，来时的路，没法子回头，可是将来的路，却不知不觉走了出去，可这一切，都是功课，也都是公平的。

可是，我已不是过去的我了。

你为什么要做过去的你？上一秒钟的你难道还会是这一秒钟的你吗？只问你不断在身体里死去的细胞吧！

每一次的重生，便是一个新的人。这个新的人，装备比先前那个软壳子更好，忍受痛苦的力量便会更大。

也许我这种话，听起来令人心悸，很难想象到以后还要经历更大的打击。ECHO，你听我这么说，只是一样无声地笑着，你长大了很多，你懂了，也等待了，也预备了，也坦然无惧了，是不是？

一个人，在爱的回报上，是有极限的，而你的爱，却不够化做所有的莲花。

ECHO，你的中文名字不是给得很好，父亲叫你——平，你不爱这个字，你今日看出，你其实便是这一个字。那么适合的名字，你便安然接受吧！包括无可回报的情在内，就让它交给天地替你去回报自己，尽力而为，不再强求了，请求你。

我知道你应该是越走越稳的，就如其他的人一样，我不敢期望帮上你什么忙，我相信你对生命的需求绝对不是从天而降的奇迹，你要的，只是一份信心的支援，让你在将来也不见得平稳的山路上，走得略微容易一点罢了。

你醒在这儿，沉静的醒着，连眼睛都没有动，在你的身边，是书桌，书桌上，有一部电话——那个你最怕的东西，电话的旁边，是两大袋邮件，是你离国之后未拆的信件。这些东西，在你完全醒来、投入生活的第一日开始，便要成为你的一部分，永远压在你的肩上。

也是这些，使你无法快乐，使你一而再、再而三，因此，远走高飞。

孩子，你忘了一句话，起码你回中国来便忘了这句话：坚持自己该做的固然叫做勇气。坚持自己不该做的，同样也是勇气，除了一份真诚的社会感之外，你没有理由为了害怕伤害别人的心灵而付出太多，你其实也小看了别人，因为别人不会因为你的拒绝而受到伤害的，因为他们比你强。

ECHO，常常，你因为不能满足身边所有爱你的人对你提出的要求而沮丧，却忘了你自己最大的课题是生活。

虽说，你身边的一草一木都在适当的时候影响了你。而你借着这个媒介，也让身边的人从你那儿汲取了他们的想望和需要，可是你又忘了一句话——在你的生活里，你就是自己的主宰，你是主角。

对于别人的生活，我们充其量，只是一份暗示，一份小小的启发，在某种情况下丰富了他人的生活，而不是越权代办别人的生命——即使他人如有要求，也是不能在善意的前提下去帮忙的，那不好，对你不好，对他人也不好的。

ECHO，说到这儿，妈妈的脚步声近了，你回国定居的第一年的第一天也要开始了，我们时间不多，让我快快地对你讲完。

许多人的一生，所做的其实便是不断修葺自己的生活，假如我们在修补之后，尚且有机会重新缔造自己，生命就更加有趣了，你说是不是？

有时候让自己奢侈一下，集中精神不为别人的要求活几天，先打好自己的基础，再去发现别人，珍惜自己的有用之身，有一天你能做的会比现在多得多。

而且，不是刻意的。

插上梦想的翅膀

林语堂

有人说，不满足是神圣的；我十分相信不满足是人性的。猴子是第一种阴沉的动物，因为在动物群中，我只看见黑猩猩有一个真正忧郁的脸孔。我常常觉得这种动物是哲学家，因为忧郁和沉思是很接近的。这种脸孔上有一种表情，使我知道它是在思想。牛似乎不思想，至少它们似乎不在推究哲理，因为它们看起来是那么满足；虽然象也许会怀着盛怒，可是它们不断摆动象鼻的动作似乎代替了思想，而把胸怀中的一切不满足抛开。只有猴子能够露出彻底讨厌生命的表情。猴子真伟大啊！

归根结底说来，哲学也许是由讨厌的感觉开始的。无论如何，人类的特征便是怀着一种追求理想的冀望，忧郁的、模糊的、沉思的冀望。人类住在一个现实的世界里，还有梦想另一个世界的能力和倾向。人类和猴子的差异也许是在猴子仅仅觉得讨厌无聊，而人类除讨厌无聊的感觉之外，还有想象力。我们大家都有一种脱离常轨的欲望，我们大家都希望变成另一种人物，我们大家都有梦想。兵卒梦想做伍长，伍长梦想做大尉，大尉梦想做少校或上校。因此,以这种意义说起来,世间没有一个人感到绝对的满足。大家都想做另一个人,只要这另一个人不是他自己。

这种人类的特性无疑的是由于我们有想象力量和梦想的才能。一个人的想象力越大,便越不能感到满足。所以一个有想象力的孩子往往比较难于教养。他常常像猴子那样阴沉忧郁,而不像牛那样快乐满足。同时,离婚的事件在理想主义者和较有想象力的人们当中,一定比在无想象力的人们当中更多。理想的终身伴侣的幻象会产生一种不可抵抗的力量,这种力量在比较缺乏想象和理想的人们当中,是永远感觉不到的。在大体上说来,人类被这种思想的力量有时引入歧途,有时辅导上进,可是人类的进步是绝对不能缺乏这种想象力的。

我们晓得人类有志向和抱负。有这种东西是值得称许的,因为志向和抱负通常都被称为高尚的东西。为什么不可以称之为高尚的东西呢?无论是个人或国家,我们都有梦想,而且多少都依照我们的梦想去行事。有些人比别人多做了一些梦,正如每个家庭里都有一个梦想较多的孩子,而且或许也有一个梦想较少的孩子。我得承认我暗中是比较喜欢那个有梦想的孩子的。他通常是个比较忧郁的孩子,可是那没有关系,他有时也会享受到更大的欢乐、兴奋和狂喜。因为我觉得我们的构造跟无线电收音机一样,不过我们所收到的不是空中的音乐,而是观念和思想。有些反应比较灵敏的收音机,能收到其他收音机所收不到的更美妙的短波,为什么呢?当然是因为那些更远更细的音乐较不容易收到,所以更可宝贵啦。

而且,我们幼年时代的那些梦想并不像我们所想象的那么没有真实性。这些梦想不管怎样总是和我们终生同在着。

生命如歌

艾明波

我们，生活在这阳光地带，生活在这个温暖的世界。我知道，我们都是生命的使者，也是生命的过客，生命是一个过程，生命是岁月的一个章节，生命只属于我们一次，生命在给我们幸福时刻的同时也给了我们悲哀的时刻。

生命不会给我们任何承诺，生命只给我们一次机会，那就是创造与开拓或者是浑浑噩噩，关键是看我们怎么去活，怎么去把生命好好把握。

我们从另一个世界走来，迎接我们的或许是有太阳的白天，或许是有月亮的黑夜。无论白天或是黑夜，我们睁开眼睛就会感到人世间的温暖，我们都会在父母的怀中享受到一种博大的关怀和无与伦比的亲亲热热。虽然，我们给这陌生的世界的第一个声音是哭声而不是音乐；虽然，我们是在母亲的痛苦中降临的，甚至是伴着母亲的泪水和鲜血，但是，父辈们是幸福的，因为，我们延续了他们的生命，我们是他们含泪的骄傲，是他们事业的承接。于是，我们踏着父辈的足迹接近生命的另一个高度；于是，我们用他们所给予我们的力量，在他们没有走过的路途中走过。所以，从这个意义上说，生命又不仅仅是我们自己的，她盈满人间的热望，也装满前辈的嘱托。

这样，我们从拥有生命的那一刻开始，我们的背上就驮着一种使命，我们的身上就跳动着强劲的脉搏。是啊，我们从父母那里得到了血液得到了骨骼，我们又从太阳和月亮的下面得到了温暖和光泽，我们无法不去用自己的热能点亮期望的目光，无法不用人间赐予我们的一切去燃起希望之火。

也许父母在给了我们生命之后，没有更多地给我们什么；也许生活并不是像人们期望的那样没有坎坷只拥有欢乐，但是，只要我们一息尚存，就毫无理由让自己的身后只生长悲哀而没有收获。尽管有扶持也有寄托，尽管有帮助也有理解，但路还得我们自己去走，没有谁能够自始至终地陪着我们穿过人生的风雨和世事的阻隔。我们要用自己的灵魂去支撑生命，我们要用自己的目光去发现我们的前方是高山还是沟壑。

活着，是生命的一种形式，创造才是对生命的一种注解，因为生命无法承受之轻，因为生命拒绝接受堕落。

人生短暂，瞬间即过，拥有生命是最大的幸福最大的快乐！那么，就让我们带着生命上路吧，让自我去擦亮别人目光的同时，也活出一个最好的自我。

生命如诗，生命如歌。

为生命喝彩

艾明波

我们从遥远的地方走来，身上背着昨天的故事，脚下踏着历史的尘埃。一路风雨带着欢笑，一路歌声带着豪迈。我们的肩上落满昔日的碎片，我们的眼中装着辉煌的未来。我们快乐，因为我们拥有了生命；我们自豪，因为我们拥有了现在。我们会用汗水浇灌明天的花朵，我们会用勇气把新世纪的大门打开。

我们，为生命喝彩！

从另一个世界迈进这多彩的生活，生命就给了我们无尽的关怀。我们睁开双眼打量这绚丽的景色，我们摇荡着旗帜谛听那迷人的天籁，让人类的灵光穿透黑暗的幽谷，让智慧的火焰燃尽以往的悲哀。人间的真情扶我们上路，世上的温暖给我们深爱，我们沿着那灼热的目光攀援，走向一个崭新的时代。

人生虽然只是一次单程之旅，但生命却能在创造中寻找到一种永恒的超越时空的依托。获得了生命就是获得了一切，拥有生命就是拥有了无可匹敌的巨大资产！

我曾静静地打量着生命，静静地凝视着她的内涵以及她的外延，林林总总、千姿百态，有的博大壮阔，浩瀚似海；有的如一束鲜花，悄然盛开。无论她以任何方式注释着她的形象，她都以无与伦比的茂盛，昂扬着奋进的旋律，拒绝苍老、拒绝衰败。

然而，生命不是一篇"文摘"，不接收平淡，只收藏精彩。她是一个完整的过程，是一次"连载"，无论成功还是失败，她都不会在你的背后留有空白；生命也不是一次彩排，走得不好还可以从头再来，她绝不给你第二次机会，走过去就无法回头，只留下遗憾，只留下无奈。生命是一部大书，所有的章节必须用我们的血汗撰写；生命更是一次竞技，生命没有看台。

生命只属于我们一次，我们该把她打扮得更加光彩。

成功的人生

邓　皓

曾在运动场上看到过十分感人的一幕：一位长跑运动员在跑了一半以上的赛程之后，突然摔倒在地。等他再爬起来时，他的对手们正如飓风般接近终点。就在他一瘸一拐正欲离开跑道时，他的耳畔响起一声断喝：跑赢你自己！

是他满头银发的教练冲入跑道中来，与他一起跑完余下的赛程。

那一刻，我发现所有的目光为这对失败的师徒行了个庄重的注目礼！当他们抵达终点的时候，他们赢得了比夺冠者更多的掌声！

谁能说有此等毅力和拼劲的人，下一次夺冠的良机会再一次与他擦身而过?!

　　成功不是昭然若揭地去赢了某一次，成功是任何时候不放弃追求下去的信念——确信自己任何一次竞技不遗余力总比吝啬心力要好！

　　人与人之间有心志的高低之分，人与人之间也有能力的大小之别，但人生没法比成功。一个扫大街的清洁工和一个搞课题的科研工作者，他们都有成功。同样，他们都有从成功里得到的快乐。所以，人生没法比幸福！

　　成功的人生就像一次远行，把途中美好的景色尽收眼底，不要因为旅途的疲惫而错过每一处赏心悦目的风景。因为错过风景，就是错过心情；错过心情，就是错过远行的意义！

　　你见过乡下质朴的农民吗？像钟爱儿孙一样，他们精心耕种一方稻田。待汗水流干的时候，稻谷就熟了，把一粒一粒饱满的稻谷拾起来，装入粮囤，这样，一个壮硕的秋天就被农民拥入怀中了。

　　成功的人生就是这样的。

向着月亮跑

张允兰

　　小时候，总喜欢和一群小伙伴在月夜的旷野里自由疯跑，边跑边舞动着小手乱呼乱喊，比一比谁的本领大，谁能跑过月亮。记忆中的月亮圆圆的，大大的，很亮很亮，因为圆圆的亮丽，才吸引了我们这群无知的孩子。我们总想通过拼命奔跑，把月亮落得远远的，看都看不到，但无论怎样努力，月亮永远在头上高渺的天空遥遥挂着，谁也追不上，谁也落不下，我们便以为是自己太小了，而比我们大十几岁的娟子姐就能。

　　娟子姐命令我们一群小孩子傻乎乎地对着月亮"稍息"，而她则向着月亮跑出几十步，回头一指，果然，月亮就被她甩在后面了。现在想来才明白，在娟子姐的眼里，月亮也是遥遥在前的，因为有了距离做背景，我们看到的只是一种视觉差异。

走过憨态童稚的孩提年龄，回首娟子姐简单可爱的"欺骗"，那轮圆圆的大月亮总在记忆的天空冉冉升起。月色笼罩的世界，澄明而纯净，温婉而祥和。每当事业受挫，遭遇逆境，身心疲惫时，想起月夜下的奔跑，想起娟子姐，想想月亮之于我们永恒的距离感，心中蓦然顿悟了许多。

也许，机缘与幸运像月亮一样离我们亦远亦近。当我们为了太多不切实际的欲望和追求，在喧嚣的尘世不停奔波劳碌，在自我的圈子里与自己的梦想赛跑，毫无目的地与某种虚幻的参照物攀比，是否也在追求一种生存的茫然呢？而换一个角度，我们分明就在前面；比如我们虽然没有金钱，智慧却没因此远离我们；没有权势，真诚却没因此冷落我们；没有花天酒地，真洁朴素的情感也没因此抱怨我们，我们还拥有健康的身体，拥有快乐的心情……我们何必在自我的误区中徒劳呢？

向着月亮跑吧，冷静的思考后，做一次理性的超越，就会发现，月亮尽管永远挂在眼前，而月亮又永远被我们甩在身后！

别忘了赶路

艾明波

人活于世，总有些烦恼来敲响你的心窗，总有些坑坑洼洼停在你必经的路上。如此，我们是否在烦恼到来之际就摇头叹息，是否因道路崎岖就止步不前？

一日上街，见一匆匆赶路的小男孩，可能是因为他走得太急，竟没有注意到前面有一块石头，待他行至石头前，猛地被绊倒。这一跤跌得很重，他足足在地上坐了两三分钟，眼窝里渐渐积满了泪水。尔后，他缓缓地从地上爬起来，揉了揉受了伤的腿，一边回头看着他跌倒的地方，一边抹着泪水继续向前走去。

我也曾立在窗前，看一簇一簇上班的人群，他们各个行色匆忙。忽见一骑自行车的姑娘，由于人多挤掉了她的饭盒，霎时，她精心准备的饭菜洒了一地。她弯下身来，急急地拾起饭盒，苦笑一下又匆匆赶路了。我看罢之后不觉为之感慨，而站在我身边的好友却说："跌倒也罢，掉饭盒也罢，还是赶路要紧。"听后我的心猛然一震：人生不也如此么！

的确，人伴着自己的哭声而来，又伴着别人的哭声而走，这期间不就是一次短暂而漫长的旅行吗?! 而我们所拥有的和失去的不正是极平常极自然的过程吗?! 无论我们遇到什么，有过什么，失去什么，都得向前走。

那个男孩虽然重重地跌了一跤，但他还是站起来；虽然他哭了，但仍没有忘记前行，因为他要去上学或者有别的事情要他去做。那个姑娘虽然掉了饭盒，但没有牢骚没有指责，因为在这道路前方还有更灿烂的风景等待她去玩味去阅读。他们的心中都有一个很美好的目标，是这个美好的目标鼓励他们不忘却前行。

是啊，人生如斯，哭也好，笑也好，只是别忘了赶路。

年轻，无权享受

罗　西

那个举杯摇晃、重复"没醉没醉"的酒鬼不是你；那个倚花弄草、贪图享乐的不是你……

你是忙碌而微笑的那个，你是自信而流汗的那个。你看到年轻的可爱，更明白青春的宝贵。

年轻无权享受，年轻无权闲适。

青春只有证明，青春只有奋斗。

年轻是追赶太阳的壮丽，而不是守候月亮的无聊；年轻是充满竞争的城市，而不是一处安静归隐的山庄。

依靠祖宗而住进宫殿者，心灵却没有依托；坐享其成者，还有什么资格谈论年轻的滋味?!

用自己的双手描绘理想，以艰辛的努力达到理想，这才是青春的摇滚，这才是年轻的本色与豪情。

年轻不能没有爱情，但不能沉湎于爱情；

年轻不能没有歌舞，但不能丧志于歌舞；

年轻可以一无所有，但不甘于一无所有。

年轻意味着拥抱现在，并最终占领未来！

年轻无权享受——这是青春的呼喊，这是青春的宣言！

提醒青春

马 德

当我攀上泰山之巅，一览众山小之后，再看涛走云飞，花开花谢，感到人生易老青春易逝。于是我提醒自己，珍惜每一个日升月落，珍惜属于生命的分分秒秒，因为青春只有一次。

当我面对壶口瀑布，看天际奔涌而来的黄河之水，在这里挥洒成雄浑的气势，震撼我的心灵。于是我提醒自己，不要过平庸的生活，要让自己的青春轰轰烈烈起来，因为青春的风景里不需要沉郁的色彩。

当我走过内蒙古草原，在夕照簇拥的古堡下站定，看大漠孤烟长河落日的壮美景象后，回望来时的艰难，我提醒自己，任何时候都不要悲观，因为青春的字典里找不到眼泪。

当我登临古黄鹤楼，看浩瀚的湖面上，叶叶扁舟如落叶一般在浪尖上飘摇，顿感世界之博大，个人之渺小。于是我提醒自己，无论取得任何成就都不要骄狂，因为青春是不断地登攀。

青春给予我们激情，我们就要热烈地拥抱生活；青春给予我们力量，我们就要执着地拼搏追求；青春给予我们思考，我们就要理智地处人面世；青春给予我们勇气，我们就要无畏地接受挑战……青春给予我们一切，我提醒自己，要以最成功的姿态回报青春。

年轻的朋友，青春不会再来。无论在城市的林荫小道，还是在乡下的田间地头；无论在宽敞明亮的教室，还是边远偏僻的矿山；无论在异域，还是在他乡，只要是青春的拥有者，我们就要时刻提醒自己，是花就要绽放，是树就要撑出绿荫，是水手就要搏风击浪，是雄鹰就要展翅飞翔。

预习青春

大 卫

青春是一本厚厚的书。当上课铃声即将敲响，你要用激动的心情，把这本书谨慎地打开，像上语文课或者数学课一样，为了对知识更好地把握，你要把有关章节先预习一下——

预习勇敢。胳膊有劲了，身上长肉了，拳头捏紧了……生理上的这些变化证明着你是生龙活虎的，但你也切不可因此而胡乱动武。你要甄别哪些是勇敢，哪些是荒唐，哪些是莽撞。其实，在深夜护送一个迷路的女孩回家，陪她走黑黑的路、深深的巷，这才是真正的勇敢。

预习真诚。青春莅临，脑袋瓜子越发变得聪明了，知道如何应付别人了。但你不要耍小聪明，不能撒谎也不能欺骗。有啥就说啥，说啥就干啥，干啥就成啥。人最怕也最讨厌的就是言而无信、虚伪欺诈。你要用青春的汗水浇开心灵这朵真诚的花。

预习初恋。青春期的你不知不觉地发现，喉结怎么隆起了？嗓音怎么变粗了？胸脯怎么饱满了？这时，你的身体内有一种东西在涌动，你有一种想牵住一个人的手的欲望，朦朦胧胧之中你觉得初恋向自己走来。但是，你可要记住自己还太年轻，对初恋还仅仅停留在预习阶段，而且对初恋的预习并不是让你去谈恋爱，而是让你从杂志报纸、电影电视甚至别人的故事中去远距离地感悟初恋。你要在了解了初恋之后明白这样一个浅显的道理：熟透的果子最甜，早摘的青果太酸！

预习挫折。人生不如意的事十之八九，谁也无法光着脚板走一辈子坦途。别因长辈的一次批评、朋友的一次误解、亲人的一次责怪而消沉，甚至一蹶不振。你要理解青春、触摸生活，正确面对那些不期而至的挫折。连竹子每长高一些，都能把那些解不开的疙瘩当做成长的小节，何况有感情有思想的你呢?!

青春这本书还告诉你——

失败之时要预习成功；

失望之时要预习希望；

烦恼之时要预习欢乐；

懦弱之时要预习坚强……

总之，你要做好充分的思想准备，把青春的内容看透吃透。这样，当你胸有成竹地走进人生的课堂，你就能够用自信的目光，把理想的风铃碰出一阵鸣响。当岁月的铃声敲响第 15 下 16 下或者 17 下 18 下，你就可以自豪地说——

青春，你一定在我身上绚丽！

今　天

魏明双

嗬，好一轮喷薄而出的朝阳！

天地之合，分娩出了又一个灿烂的今天。阳光，照亮了这大地，明媚了这街衢，妖娆了树的姿容，鲜活了人的心灵。

触景生情。联翩而至的一个个今天，每每让人生出与之拥抱的渴望。

不消说，我们每个人都是人生的画家。也许你把昨天涂抹得一片狼藉，也许你将昨天描绘得满目辉煌。而今天，是一幅被昨夜刷新的画布，是一次崭新的机会，任由你饱蘸激情，挥洒才智，把昨夜的梦幻变为神奇的画卷。

我们正作青春之旅。今天之于我们，犹如一叶从昨天渡向明天的小舟。我们不能搁浅于昨天的失意，或停泊于昔日的欣喜，希望在明天熠熠闪光。别以为，那是海市蜃楼。只要我们奋力划动理想和知识的双桨去追求，希望之光便会照亮心底的阴影，光荣我们的履历。

我们正置身人生的春季。今天，恰似一方位于我们脚下的土地。种瓜得瓜，种豆得豆。一分耕耘，一分收获。如若我们不在春天时播种、布谷，躬身耕耘，而只是哼着"明日歌"，从垄上走过，秋天时，也许能收获几缕杂草，几把空虚，却注定不会是丰盈的果实。

哦，今天，并非全都阳光灿烂，惠风和畅，但无论怎样，我们都不能轻易放弃。因为，只有拥有一串充实的今天，我们才会拥有一个饱满的人生。

希　望

李含冰

希望，是一种力量，是一次升华，是一个飞跃，是一架阶梯。

青年人在生活中，难免会陷入一种困境而感到失望。一位哲人说，人生之路是由失望和希望串起来的一条项链，因此才多姿多彩。在失望时萌生希望，就会让人驱散心中的浓雾，拥抱一片湛蓝的晴空；让人摆脱沉沉的阴影，去步入一个崭新的天地。失望让人压抑、痛苦，备受折磨；希望让人振奋、欣喜，跃跃欲试。

没有失望的人生会让人失望，希望之后有失望就会让人萌生新的希望。生活不是一幅呆板的平面图，而是一座立体的雕塑。

失望因为有希望而不会绝望，人生全是希望也不会有希望。失望和希望是双胞胎，几乎从不分离。愚昧的人被压在失望的高山下感伤和叹息；明智的人会从失望的山下向山上攀登，看到另一片天地。

有许多时候，年轻人不是败在失望上，而是败在不会寻找希望上——不善于从失望中开拓希望。有许多时候，我们希望一生充满希望而不懂得会有失望。其实，人生之路是由希望和失望铺筑的，失望连着希望，希望也连着失望。不可能都是希望，因为人不能在人生之路上跳着走，那是一种畸形的人生。所以，当你充满希望时，要想到前面也许就有失望在等待着你；当你遭到挫折对前程或人生失望时，要想到失望之后就是希望。希望是一种宝贵的"金属"，常常要从失望里提炼出来。失望并不可怕，怕的是不会运用失望。

青年人在希望中生活，在追求希望中成熟。青春之所以美好，是因为希望是你的锦绣。

希望在前，我们才能不断向前！

创新，生命发光的焦点

张玉庭

一

路边开满了带刺的蔷薇花，三个步行者打这里路过。

第一个脚步匆匆，他什么也没看见。

第二个感慨万千，叹了口气："天！花中有刺。"

第三个却眼睛一亮："不，应当说刺中有花。"

第一个人挺麻木，他看不到风景；第二个人挺悲观，风景对于他没有意义；至于第三个人嘛，是个乐观主义者。

那么您呢？您是哪一个？

二

路边的蔷薇热烈地开着，三个人走了过来，入迷地看着。

第一个欣喜若狂，伸手就摘，结果被刺得鲜血淋漓。

第二个见此情景，赶紧缩回了正想摘花的手。

第三个则小心翼翼地伸出手来，把其中最漂亮的那一朵摘了下来。

当晚，三人都做了个梦：第一个被梦中的刺吓得大喊救命；第二个对着梦中的蔷薇无奈地叹着气；第三个则被花的明媚簇拥着，在梦中，他听到了蔷薇的笑声。

三

老师在上课，津津有味地讲着蔷薇。

讲完了，老师问学生：“你最深刻的印象是什么？”

第一个回答：“是可怕的刺！”

第二个回答：“是美丽的花！”

第三个回答：“我想，我们应当培育出一种不带刺的蔷薇。”

多年之后，前两个学生都无所作为，唯有第三个学生以其突出的成就闻名远近。

有所爱，有所恶；有所为，有所不为

叶圣陶

行为决定于意向。意向，就是爱与恶，要求其得当，先得辨别善恶正邪，不至于错失。怎么才能不至于错失呢？

我们是人，辨别一切事物的善恶正邪，与辨别人的善恶正邪一样，也以人为根据。肠子里帮助消化的细菌是好的，病菌是不好的；足以发电的瀑布激流是好的，洪水险滩是不好的；帮助他人成功立业是好的，帮助他人为非作歹是不好的；说一句算一句是好的，信口开河、说谎欺人是不好的；诸如此类，无非就对于人的利害而言。

我们人又必须合群，离开了群就无所谓人生。所以利害不能单就个人看，要就许多许多人合成的群看。欺人、说谎、贪赃、枉法、囤积、高利贷、仗势霸占、把人当牛马、专制、独裁……诸如此类，对于干这些事儿的人是有利的，但是对于其他的人，人数或少或多，范围或小或大，总之是有害的，也就是对于群是有害的。因此之故，这些事儿都是不好的，应该归到恶的邪的一边去。交通发达，世界各地的距离越来越近，各地人物质上与精神上的联系越来越密切，这时候，群的范围不限于一个民族，一个国家，全世界的人就是一个大群。

有利于群，是好的；有害于群，是不好的。这个话虽显平凡而且抽象，却极扼要。据以辨别一切事物的善恶正邪，也就虽不中不远矣。

辨别既明，意向——就是爱与恶——自然不至于不得其当。意向得其当，发而为行为，自然不至于有多大错儿。

于是，有所爱，有所恶；有所为，有所不为。

我只要在每一个过程慢慢地长大

林清玄

在情感的追寻中，我默默承受被抛弃与背叛的痛苦。在生命成长的过程里，我也常常流下悲伤的眼泪。

经过编织美梦的少年时代，我逐渐知悉了生命并没有结局，每一个结局只是一个新过程的开始罢了，美好的过程可能带来惨痛的结局，痛苦的过程也可能带来幸福的结局。当然，过程平顺而结局圆满，是最理想的，但一时圆满不代表永远美满，只是走向一个新的起点。

我们的人生不是问答题，有时问不在答里，有时答不在问里；有的问题没有答案，有的答案远在问题之外。

我们的情感不是是非题，没有绝对的是非，因为每一个情感都是不相同、不能类比的；每一段情感都是对错交缠的，在失败的情感中，没有赢家。

可叹的是，这些对过程更深刻的认识，对人生更缜密的思维，都是在饱经挫折的中年才慢慢理清的。

在我生命最困苦的时刻，曾寻找过万灵丹，向天求告："请给我一帖灵药吧！"也曾炼丹于文艺，追求情爱的平息烦恼之法。

经过四十年了，我才发现"灵药并不在远方"，也就是正视每一个眼前的生活历程，努力地活在当下，对这一阶段的人生与情感用心珍惜。

由于对眼前、对当下的珍惜用心，才能不怨怼过去，不怀忧未来，才能在每一个过程中努力承担，以最大的心意来生活。

在人生的历程，我不着急，我不急着看见每一回的结局，我只要在每一个过程，慢慢地长大。

在被造谣时，我不着急，因为我有自知之明。

在被误解时，我不着急，因为我有自觉之道。

在被毁谤时，我不着急，因为我有自爱之方。

在被打击时，我不着急，因为我有自愉之法。

那是因为我深深地相信：生命的一切成长，都需要时间。

第二章　快乐是在心里，不假外求

　　战士是永远追求光明的，战士是永远年轻的，战士是不知道畏缩的，所以我要用"做一个战士"的话来激励那些彷徨苦闷中的年轻朋友。

——巴金

他看定目标，便一直向前走去

巴　金

　　一个年轻的朋友写信问我："应该做一个什么样的人？"我回答他："做一个战士。"

　　另一个朋友问我："怎样对付生活？"我仍旧答道："做一个战士。"

　　《战士颂》的作者曾经写这样的话：

　　"我激荡在这绵绵不息、滂沱四方的生命洪流中，我就应该追逐这洪流，而且追过它，自己去造更广、更深的洪流。

　　我如果是一盏灯，这灯的用处便是照彻那大量的黑暗。

　　我如果是海潮，便要鼓起波涛去洗涤海边一切陈腐的积物。"

　　这一段话很恰当地写出了战士的心情。

　　在这个时代，战士是最需要的。但是这样的战士并不一定要持枪上战场，他的武器也不一定是枪弹。他的武器还可以是知识、信仰和坚强的意志。他并不一定要流仇敌的血，却能更有把握地致敌人的死命。

战士是永远追求光明的。他并不躺在晴空下享受阳光，却在暗夜里燃起火炬，给人们照亮道路，使他们走向黎明，驱散黑暗，这是战士的任务。他不躲避黑暗，却要面对黑暗，跟躲藏在阴影里的魑魅、魍魉搏斗。他要消灭它们而取得光明。战士是不知道妥协的，他得不到光明便不会停止战斗。

战士是永远年轻的。他不犹豫，不休息。他深入人丛中寻苍蝇、毒蚊等危害人类的东西。他不断地攻击它们，不肯与它们共同生存在一个天空下面。对于战士，生活就是不停的战斗。他不是取得光明而生存，便是带着满身伤痕而死去。在战斗中力量只有增长，信仰只有加强。在战斗中给战士指路的是"未来"，"未来"给人以希望和鼓舞。战士永远不会失去青春的活力。

战士是不知道灰心与绝望的。他甚至在失败的废墟上，还要堆起破碎的砖石重建九级宝塔。任何打击都不能击破战士的意志。只有在死的时候他才闭上眼睛。

战士是不知道畏缩的。他的脚步很坚定。他看定目标，便一直向前走去。他不怕被绊脚石摔倒，没有一种障碍能使他改变心思。假象绝不能迷住战士的眼睛，支配战士的行动的是信仰。他能够忍受一切艰难、痛苦，而达到他所选定的目标。除非他死，人不能使他放弃工作。

这便是我们现在需要的战士。这样的战士并不一定具有超人的能力。他是一个平凡的人。每个人都可以做战士，只要他有决心，所以我用"做一个战士"的话来激励那些在彷徨、苦闷中的年轻朋友。

好心境便构成一处人生的好风景

沉金口

心是一个奇观，心是一绝。即便你将来会老，心却不会老。要不怎么会有那句：心有余而力不足。所以心只会成熟，但永远不会老。

心字之所以有三点，是因为一个人的心并非完全属于自己，他将一分为三。他有三分之一给工作，三分之一给大自然，剩下的三分之一留给友爱。

工作时你的心是把重锤，奋进时你的心是柄桨；玩乐时你的心是只彩蝶，索取时你的心是张网；憎时你的心是块石头，恨时你的心是支箭；爱时你的心是泓温泉，奉献时你的心是根燃烛，成功时你的心是朵怒放的花。

不管是事业还是生活，只要你是有心人，一切都将生机勃勃。无心或心灰意懒是人生中最大的悲哀，因而庄子说过：哀莫大于心死。有心就有境，好心境便构成一处人生的好风景。

心的诚直与赤裸裸是原始人性的舒坦，心的节制与约束是现代理性的舒坦。

宠爱一下自己

杨小云

宠爱自己的真正用意，应该是爱自己，也就是自爱。真正的自爱，是建筑在坦白地正视自己真正的感受上的，这不仅需要勇气，更要绝对的诚实。

诚实地面对自己，选择自己想要的，不曲意承欢、委曲求全，不刻意为讨好别人而压抑自己、沦为环境的牺牲品，在百般无奈中怨叹。

在面对自己之前，必须要先了解自己、爱自己，不管别人怎么看你，务必相信，你是唯一的，你是一个有价值、值得爱的人。

宠爱自己并不表示自怜或放纵，而是接受自己，包括自己的缺点。鼓励自己，并时时激励自己，将深藏的潜力开发出来。

不去试，怎么知道自己行不行？

爱自己的第一个实践是：多给自己一个机会。

爱自己的第二个实践是：认真过好每一天。

爱自己的第三个实践是：全力以赴地做每一件事。

我们常常会将宠爱自己解释为"自我放纵"，但这不叫爱自己，而是恨自己。

错误的自纵，实际上等于自恨、自我窒息。

譬如暴饮暴食、烟酒过度、生活习惯不规律、完全不运动、不吸收新知识、懒惰……这些行为都是在虐待自己的身体，伤害自己，这样的放纵绝不是宠爱自己，而是害自己，跟自己过不去，更是对自己的不尊重。

真爱应当是健康的，给人自由、愉悦的感觉的，也唯有在自由的气氛下，爱才得以滋长，对别人如此，爱自己也一样。

要爱自己爱得正确健康，首先要让自己自由，时时倾听自己和内在的自我对话，诚实地面对内心深处的各种欲念，这样，当我们置身各种人、事物中，才不受约束，才能完全保持平衡。而当我们能用这样的态度爱自己，就能真正了解爱的意义，而且有能力去爱其他人。

宠爱自己的方法很多，不一定靠物质来满足；深入探索自己的内心世界、关心心灵渴望、保持成长，或许是更好的方式呢，值得一试。

骄傲的决不是真明白人

茅　盾

　　骄傲！这是个坏名词，没有一个人肯受，却没有几个人能够真真不犯着。我且费些工夫，一件一件讲出来。

　　有种人承受了父祖的家当，鲜衣美食，吃不完，用不尽，看着那些贫苦人吃了朝饭没夜饭，挨过了夏天挨不过冬，他却要什么有什么，满足极了，便骄傲起来。诸位！这种人该骄傲么？他的好吃好住哪里来，是自己挣来的么？他不过偶然生在富家罢了，也是和贫人一样的一个人呀！贫人虽贫，自食其力，不敬重他却看轻他，应该么？富家的儿子一面承受了家当，好吃好用；一面却也承受了一副娇嫩的身子，好吃懒做的脾气，一旦父母亡故，家产荡尽，那时……欲求苦苦活着也不能够！想到这里，我欲问天下的富家儿，能再骄傲么？

　　我记得庄子有段寓言道，鸱鸟得了个腐鼠，当他宝货，鹓雏从天上飞过，鸱鸟见了，便骄傲道"吓！"又如小孩子得了一个饼，见大人看着便举起饼来夸耀，大人几曾稀罕这个饼来，小孩子却不知道！鸱鸟和小孩子这种行为，我们看了可笑不可笑？然则以富贵骄人的可怜人，在心地清白的人看来，简直也和鸱鸟、小孩子一样的可笑罢！

　　这班人正如尼采所说，"粪窖里的粪蛆虫，这个爬到那个身上，自以为得意极了！"我们唇清口白，不犯着多说来污嘴！我们且看高一等的读书人如何。

　　我们更进一步讲，学问是看不见底的；在此时此地，也许某甲是第一个有学问的人，过了几时，换了个地方，也许就算不上了。况且天地间的事，我们人类不知所以然的多着呢！自古至今，我们人类所得的知识，究竟占了天地间所有知识的几分之几，没有一个人敢说定；可知人在自伙里虽然觉得你高我低，若和天地间无尽藏的真理一比，还不是五十步与百步之差么？

我有个比喻，天地间知识的全部算他一丈，人类最高的得他二分。二分看一分，自然觉得多了不少，但是同一丈一比，简直不见什么差异啊！如此说来，骄傲二字非但不可，简直是不应该。

明白人，决不骄傲；骄傲的决不是真明白人。列位倘然想做真明白人，奉劝把一切的骄傲思想都放弃了罢。否则，在你是得意，在别人看来，觉得你受这恶性的支配，做恶性的奴隶，正是怪可怜的啊！

只要我们自己不绝望，谁也无法让我们绝望

刘雪峰

先知告诫我们：希望越多，失望也就越多。我今天要说，失望再多，也不要绝望。

夕阳西下，明早还会东升；春天过去，明年还会再来；青春韶华的流逝，必定会迎来更为深沉的人生。今天我们输了，明天我们可以擦干眼泪，拭去血迹，缝合伤口，重新再去拼搏。古人云：哀莫大于心死。只要我们的心不被绝望笼罩，我们就会重新点燃希望之火去奋斗，去进取。

两年前，和我海誓山盟整整五年的女友离我而去，投入了另一男人的怀抱。当时，我真是绝望到了极点，整天萎靡不振，意志消沉，大有世界末日来临之状。正当我寻死觅活，痛不欲生之时，我的一位文学上的同道者，叩开了我沉重的心扉，把我从绝望中拉了回来，使我重新树立起生活的信心和勇气。

那是一个朔风劲吹、雪花飘舞的深冬之夜，他问我："你还爱她？"我点点头。他说："那你的痛苦就减轻了一半。因为你有精神寄托！""她不爱你了？"他又问。我又点点头。"那么你的痛苦又减轻了一半。因为，

为一个不爱你的人伤心落泪是不值得的！"我的心不禁为之一颤，眼睛里也似乎有了光彩和神韵，专注地看着他那张明朗豁达的脸，想听听他的高见宏论。没料他只淡淡地一笑，轻描淡写地说了这样一句话："你一绝望，便什么也不存在了。"

我顿时大彻大悟。是的，人一旦绝望，就失去了一切！

只要不绝望，我们就可以重新投入地爱一次，说不定真正倾心于你的那个人正期待着你的爱呢！只要不绝望，我们就可以重新开始，采一束野花，敲开她的门，用真诚的心去表达你对她的爱，赢得她对你的爱。只要不绝望，我们就可以重新抒写我们的人生，我们可以在爱我们的人的挽扶下去看大海，看日出，看天边绚丽的彩虹。

只要不绝望，我们就可以用悠然的心情看待人生的坎坷。任它潮涨潮落，云卷云舒；任它盈亏有期，流水无情；任它海枯石烂，地老天荒。

只要我们自己不绝望，谁也无法使我们绝望。

别跟自己过不去

李发模

有句俗语："自己与自己过不去。"

当自己突然明白，还有两个"自己"与自己"对影成三人"之时，那两个"自己"则相互挟持左右着自己。

自己与自己充满了"内心的困惑"：

一个自己要"知足常乐"，淡泊致远。一个自己要"不懈追求"，突围展翼。一个自己像树上的乌鸦，叼一块肉；而另一个自己则是狐狸，哄骗树上叼肉的乌鸦，花言巧语。

自己也想栽种葡萄，另一个自己又说葡萄是酸的。

自己很自己的时候，常是"王婆卖瓜，自卖自夸"；自己不自己的时候，信仰萎缩，灵魂自溺，生命充满了负面的意义。

更多的时候，自己通常被夹击在两难之间，口念"俭朴度日"，心却渴盼"福禄寿喜"；心想诚实劳动，无私奉献，遇事则陷入一己的"恩怨得失"；明知该崇敬人格与学识，遇利则看人眼色耽于媚俗；深知该实事求是，公道仗义，利害却胁迫你口是心非，言行不一。

自己设公堂审判自己，自己与自己打着官司。宁静状告躁动，躁动闹醒沉思。时而这个自己"大打出手"，时而那个自己"防不胜防"。这一场这个自己"走红"，那一场那个自己"盈利"。最怕两者呼应，合谋煽起一场"寒火攻心"的顽疾。

总在为难自己，总在残缺自己，恰恰是因为，许多时候，我们常常不能成为自己。

有耻才能向上奋斗

朱光潜

世间许多法律制度和道德信条都是利用人类同有的羞恶之心作原动力。近代心理学更能证明羞恶之心对于人格形成的重要。基于羞恶之心的道德影响也许是比较下乘的，但同时也是比较实际的，近人情的。

"羞恶之心"一词出于孟子，他以为是"义之端"，这就是说，行为适宜或恰至好处，须从羞恶之心出发。朱子分羞恶为两事，以为"羞是羞己之恶，恶是恶人之恶"。其实只要是恶，在己者可羞亦可恶，在人者可恶亦可羞。只拿行为的恶做对象说，羞恶原是一事。不过从心理的差别说，羞恶确可分对己对人两种。就对己说，羞恶之心起于自尊情操。人生来有向上心，无论在学识、才能、道德或社会地位方面，总想达到甚至超过流行于所属社会的最高标准。如果达不到这标准，显得自己比人低下，就自以为耻。耻便是羞恶之心，有耻才能向上奋斗。这中间有一个人与我比较，一方面自尊情操不容我居人下，一方面社会情操使我顾虑到社会的毁誉。所以知耻同时有自私的和泛爱的两个不同的动机。对于一般人，耻（即羞恶之心）可以说就是道德情操的基础。他们趋善避恶，与其说是出于良心或责任心，不如说是出于羞恶之心，一方面不甘居下流，一方面看重社会的同情。中国先儒认清此点，所以布政施教，特重明耻。管子甚至以耻与礼义廉并称为"国之四维"。

孟子说："不耻不若人，何若人有？"耻使人自尊自贵，不自暴自弃。

世间许多人没有对象可五体投地地去钦佩，也没有对象可深入骨髓地去厌恶，只一味周旋随和，这种人表面上像是炉火纯青，实在是不明是非，缺乏正义感。社会上这种人愈多，恶人愈可横行无忌，不平的事件也愈可蔓延无碍，社会的混浊也就愈不易澄清。社会所借以维持的是公平，一般人如果没有羞恶之心，任不公平的事件不受裁制，公平就无法存在。

个人须有羞恶之心，集团也是如此。田横的五百义士不肯屈服于刘邦，全体从容赴义，传为历史佳话。古人谈兵，说明耻然后可以教战，因为明耻然后知道"所恶有胜于死者"，不会苟且偷生。20世纪三四十年代中华民族英勇的抗战是最好的例证，大家牺牲安适、家庭、财产以至于生命，就因为不甘做奴隶的那一点羞恶之心。大抵一个民族当承平的时候，羞恶之心表现于公是公非，人民都能受道德法律的裁制，使社会秩序井然，所谓"化行俗美""有耻且格"。到了混乱的时候，一般人廉耻沦丧，全民族的羞恶之心只能藉少数优秀分子保存，于是才有"气节"的风尚。在恶势力横行之际能不顾一切，挺身维持正气，对于民族精神所留的影响是不可磨灭的。

爱与孤独是人生最美丽的两支曲子

周国平

凡人群聚集之处，必有孤独。我怀着我的孤独，离开人群，来到郊外。我的孤独带着如此浓烈的爱意，爱着田野里的花朵、小草、树木和河流。

原来，孤独也是一种爱。

爱和孤独是人生最美丽的两支曲子，两者缺一不可。无爱的心灵不会孤独，未曾体味孤独的人也不可能懂得爱。

由于怀着爱的希望，孤独才是可以忍受的，甚至是甜蜜的。当我独自在田野里徘徊时，那些花朵、小草、树木、河流之所以能给我以慰藉，正是因为我隐约预感到，我可能会和另一颗同样爱它们的灵魂相遇。

不止一位先贤指出，一个人无论看到怎样的美景奇观，如果他没有机会向人讲述，他就决不会感到快乐。人终究是离不开同类的。一个无人分享的快乐决非真正的快乐，而一个无人分担的痛苦则是最可怕的痛苦。所谓分享和分担，未必要有人在场，但至少要有人知道。永远没有人知道，绝对的孤独，痛苦便会成为绝望，而快乐——同样也会变成绝望！

交往为人性所必需。相遇是人生莫大幸运，在此时刻，两颗灵魂仿佛同时认出了对方，惊喜地喊出："是你！"人一生中只要有过这个时刻，爱和孤独便都有了着落。

把握现在，面对现实

郝明义

在现在、过去、未来三种时间形态中，我们对过去和未来有种特别的情结。

过去的愉快或幸福，在时间的沉淀之下很容易突显，往往夸大其事。

过去的痛苦或悲哀，在时间的冲刷之下很容易淡出，往往恍若云烟。

我们对过去，有一种往好处归纳的情结。

我们对未来，也有一种往好处演绎的情结。

对未来的机会或期待，很容易扩展其各种可能，往往异想天开。

对未来的危险或困难，很容易简化其各种关卡，往往自欺欺人。

在过去和未来之间，我们最不经心的，就是现在。

在归纳和演绎之间，我们最没有办法面对的，往往就是现在。

现在，一不小心就成了未来和过去之间的鸡肋。是未来还没有到来之前的过渡，是过去还在徘徊不去的余韵。

现在的美好，难比过去的回肠荡气，难比未来的令人雀跃。

现在的痛苦，总比过去的更为真实，总比未来的更为切身。当然有些人是另一种状况，过去的痛苦永远是一道道越来越深的创伤，未来的困难永远是一步步越来越恐怖的陷阱。这些人从另一个方向对时间做了太多取舍，结果是忘记了现在，轻忽了现在。

在工作的世界里，特别容易如此。尤其是做了一个中层主管之后，过去的挫折已在脑后，未来的挑战尚且遥远，只有现在的难题最是棘手；过去的成就可以随手拈来、朗朗上口，未来的机会可以纵横规划、大展宏图，只有现在的资源和任务，不大不小，难以施展。

对时间的这种偏爱，真是很大的偏差。如果真要有所偏爱，我们应该偏爱的是现在。

再好的、再坏的过去，也已经过去了，和现在的我们无所相干；再好的、再坏的未来，也尚未到来，我们不必因而手舞足蹈或心惊胆战。

只有现在的快乐，是最需要体会的；只有现在的困难，是最需要解决的；只有现在的机会，是最可以掌握的。

除了现在，我们别无所有。

当我们可以如此认识的时候，也就会发现：当现在流逝为过去的时候，我们可以增添多少美丽的回忆；当未来转化为现在的时候，我们可以兑现多少的机会。

前一阵子，向一位长者请教，他送我八个字："把握现在，面对现实。"本来觉得太简单，也太老套了，后来深觉妙用无穷，不敢独享，因此写在这里。

充满良好习惯的生活才是合于"自然"的生活

梁实秋

人的天性大致是差不多的，但是在习惯方面却各有不同。习惯是慢慢养成的，而在幼小的时候最容易养成。一旦养成之后，要想改变过来却不很容易。

例如说：清晨早起是一个好习惯，这也要从小时候养成，很多人从小就贪睡懒觉，一遇假日便要睡到日上三竿还高卧不起，平时也是不肯早起，往往蓬头垢面的就往学校跑，结果还是迟到，这样的人长大了之后也常是不知振作，多半不能有什么成就。祖逖闻鸡起舞，那才是志士奋励的榜样。

我们中国人最重礼，因为礼是行为的规范。礼要从家庭里做起。姑举一例：为子弟者"出必告，返必面"，这一点点对长辈的起码的礼，我们是否已经每日做到了呢？我看见有些孩子早晨起来对父母视若无睹，晚上回到家来如入无人之境，遇到长辈常常横眉冷目，不屑搭讪。这样的跋扈乖戾之气如果不早早地纠正过来，将来长大到社会服务，必将处处引起摩擦不受欢迎。我们不仅对长辈要恭敬有礼，对任何人都应该维持相当的礼貌。

大声讲话，扰及他人的宁静，是一种不好的习惯。我们试自检讨一番，在别人读书工作的时候是否有过喧哗的行为？我们要随时随地为别人着想，维持公共的秩序，顾虑他人的利益，不可放纵自己，在公共场所人多的地方，要知道依次排队，不可争先恐后地去乱挤。

时间即是生命。我们的生命在一分一秒地消耗着，我们平常不大觉得，细想起来实在值得警惕。我们每天有许多的零碎时间于不知不觉中浪费掉了。我们若能养成一种利用闲暇的习惯，一遇空闲，无论其为多么短暂，都利用之做一点有益身心之事，则积少成多终必有成。常听人讲起"消遣"二字，最是要不得，好像是时间太多无法打发的样子，其实人生短促极了，哪里会有多余的时间待人"消遣"？陆放翁有句云："待饭未来还读书"。我知道有人就经常利用这"待饭未来"的时间读了不少的大书。古人所谓"三上之功"，枕上、马上、厕上，虽不足为训，其用意是在劝人不要浪费光阴。

吃苦耐劳是我们这个民族的标志。古圣先贤总是教训我们要能过得俭朴的生活，所谓"一箪食、一瓢饮"，就是形容生活状态之极端的刻苦；所谓"嚼得菜根"，就是表示一个有志的人之能耐得清寒。恶之恶食，不足为耻，丰衣足食，不足为荣，这在个人之修养上是应有的认识。我们中国是一个穷的国家，所以我们更应该体念艰难，弃绝一切奢侈，尤其是从外国来的奢侈。宜从小就养成俭朴的习惯，更要知道物力维艰，竹头木屑，皆宜爱惜。

以上数端不过是偶然拈来，好的习惯千头万绪，"勿以善小而不为"。

习惯养成之后，便毫无勉强，临事心平气和，顺理成章。充满良好习惯的生活，才是合于"自然"的生活。

坦然接受命运的安排自在自得地度过每一天

冥 子

那时候，我还住在小城最东面的一条小弄堂里。我们这条弄堂细算起来不过百八十户人家，却有四个残疾人，两男两妇。在我懂事的时候，他们就已经是夫妻了。

其中有一对夫妻是哑巴。男的长得极白净，嘴唇是少见的鲜红色。那时我常常疑惑：这样的嘴怎么会发不出声音呢？

女的长得极美，不像普通的哑巴，因竭力发出一种嘟哝的声音而使脸部肌肉很紧张。小时候，我常想：上天真是太残酷了，赋予她美丽的面容就不再赋予她美丽的声音。极美的女人是不是都不会说话呢？比如，安徒生笔下的那条"美人鱼"。

哑巴夫妻生理上与别人有异，行为上就有一种求同意识。有时妻子干活累了，手臂酸疼，丈夫便为妻子揉一揉，再把耳朵贴在她隆起的腹上，那时哑妻已经怀孕了。丈夫用哑语说："孩子动得不厉害。"

哑巴夫妇果然接连生了两个如花似玉的会说话的女孩。那时奶奶常说，谁将来娶了哑巴的女儿，谁一定会好福气的。她们的父母前世里已经替她们受过罪了，她们会好命的。

哑巴夫妻要养活一双女儿非常不易，但我却从未看到过他们翻脸吵架，两人很恩爱。冬天，外面自来水龙头上结成冰，夫妇俩在月光下洗床单，一人拧一头，嘴角上始终挂着笑意。

艰难、寂寞、无法与人沟通的生活，似乎是天经地义的事。外界像一堵厚墙将他们隔开，墙内仅有的两个人反而靠得更近了。他们用一种旁人无法知晓的心语来触摸对方。

我那时还真有点羡慕这一对夫妻。后来，读了点结构主义语义学的皮毛，心想，永远词不达意被传播被曲解、再传播再曲解的语言，其实又有多少意义呢？由此生出许多怪诞的念头。比如，某天人类吃了一种食物，顷刻间全部失声，从此地球上就少了许许多多漫无边际的闲聊，少了许许多多因闲聊而生的琐碎与损耗。节省下的时间用于创造，无疑延长了生命。

还有一对年轻的夫妻都是盲人。男的长得很高大，眼睛看不见却总喜欢睁得很大，似有一种熟视无睹的凛然之气。女的与他极不般配，渺小得像个脆弱的孩子。好在两人从不并肩而行，总是一前一后地走着，男的用拐杖在前面开道，女的在后面跟着，中间有另一根拐杖连接。早晨出门上班，走在前面睁大眼睛的男人像个伟丈夫，身后的女人则总是微闭双目，现出一丝娇羞之态。男人就像是牵着一条温顺可爱的小狗。

每天有两次，在清晨和黄昏，几乎固定的时刻，他们从我们这条弄堂里穿行而过，形成一种不变的风景，如同一条温暖的河在我们心中缓缓淌过，以至于节假日，没有见到这一对盲人夫妻，街坊邻居都觉着少了点什么。

盲人夫妻每天都穿戴得很整齐，两个人的皮鞋总是擦得锃亮。我坐在小凳上，看着眼前四只永远簇新的皮鞋，心里泛起莫名的惆怅。他们虽然欣赏不到美好的世界，却还把这一份美带给这个世界。

这是我见过的两对非常相爱的残疾夫妻，我常常为他们那一种知命适命且随遇而安的散淡而感动。

并不是每个人都有反抗命运的能力的。如果无力反抗，那么坦然地接受命运的安排，自在自得地度过每一天，不也是一种力量的体现吗？残疾人尚且如此，何况我们健全的人呢？

也许，说这些话时的我，已经老了。

量身定做自己的幸福

罗 西

曾经去一家精神病院参观，走过一间间病房，突然听见一个人对我们大叫："我今年24岁，还没结婚！"那是一个面容纯真的女孩，她已疯了。即使从人间坠入地狱，她依然渴望结婚，渴望幸福。

曾在国外疗伤的体操运动员桑兰，其愿望是生活能基本自理，具体一点，就是能自己大小便，自己翻身……那令全世界为之痛心的灿烂的笑容，是桑兰的；而她受伤后最想得到的幸福，是希望在自己的脚上能感触到痛。

她们的幸福蓝图对你我而言是那么简单，可是对她们而言，却又高不可攀。

弃儿的幸福是家园里那盏温暖的灯；而王子的幸福，可能是街头的那碗汤圆。人一生下来，环境、资质、容貌、体力、性格等的殊异，注定人生的不同。

我为这个残酷的发现不安，但也为此庆幸，因为，我知道了自己的幸福在哪一棵树上。只有懂得量身定做自己的幸福，才会真正懂得生活，懂得人生，找到真正的幸福。

爱着是美丽的

祝 勇

爱着是美丽的！

爱，是人类最美好的情感，是无比芳醇的精神体验。爱着，心灵在净化，感情在沸腾，对美好未来的向往在升华。纯洁的爱，是美的化身，美的诗。

稚嫩的爱，是眸子里闪烁的星光。每到夜晚，那片纯净的光芒便会幽幽地浮上来，变作梦，变作歌，变作生命里最初的想象……

年轻的爱，是心中的彩虹。那是心灵里每一场温柔风雨留下的吻痕，是渴望的笔蘸着太阳的光彩描绘出的七彩图画。

而成熟的爱则是一轮明月，它普通至极，没有太阳炽烈的外表，也没有彩霞华丽的衣裳，它宁静、明朗、深远，却持久地散发着它的光辉。

最高尚的爱，便是这样的爱，它在消失之前是不让人察觉的。它有时甚至是一种带有残缺的美，是胜过滔滔雄辩的沉默。

爱，美就美在它是从人的心灵里盛开的鲜花，它比自然界的花朵更为永恒。

爱，美就美在它的博大。这种博大足以包容世间万物。是的，世界有多大，爱就有多大。

那么，就不要把爱局限在一个狭小的童话王国里吧！爱绝不仅仅是吟花弄月之余酝酿出的小情感。随着我们一步步走进社会，脚印在延伸，视野在扩展，爱也会延伸，会扩展。爱是一种大境界，让我们去找寻旷世永恒的天地大爱！

这种爱，是雪莱的"西风"，是裴多菲的"旗帜"，是艾青的"芦笛"，也是北岛的"回答"。

这爱，是我们用自己的诗韵所颂扬的人间最大的爱，是对人类的光辉理想的追求与执着。这是人世间最美的爱情！

微笑是一把神奇的钥匙

胡世宗

朋友，你会微笑吗？

也许你会十分不屑理会我提出的这个"傻问题"，而在实际生活中，这个"傻问题"几乎会时时摆到你的面前。

你走在路上，被一个骑自行车的人不小心地碰了一下，你感到臂膀的疼痛，刚要厉声斥责骑车人，他却送给你一个歉意的微笑，你的感觉如何呢？

你心爱的一个花瓶，被来家串门的莽撞的同学不慎碰打了，你很心疼，面有不悦之色，你同学送给你一个不好意思的微笑，你的心情会怎么样？

你在相爱的时候，恋人给你的微笑或者你对恋人的微笑，是一种柔情的暖风，可以化解那种成为情感隔膜的冰霜。

无论男女，在情感生活中都需要柔情。而柔情的发展，同它的最直接的、人人都理解的外部表现——人的充满真挚和美的微笑，有着内在的联系。

不会微笑的人是蠢笨的人。

不会微笑的人是乏味的人。

微笑在脸上，其本源却在内心。

保加利亚哲学家基里尔·瓦西列夫在《情爱论》一书中说："爱的微笑像一把神奇的钥匙，可以打开心灵的迷宫。它的光芒照亮周围的一切，给周围的气氛增添了温暖和同情、殷切的期望和奇妙的幻景。"微笑是一种无声的亲切的语言。微笑是一种无声的动人的音乐。微笑是人类一种高尚的表情。微笑永远是生活里明亮的阳光。朋友，你手中是否牢牢攥着这样一把神奇的钥匙呢？

天天有个好心情

艾 蒿

曾经以为自己的天空很低，曾经觉得前方的道路很窄，因此，无论怎样美丽的事情怎样光彩的风景都不能令我为之激动。原因只有一个：没心情。

没心情也罢，只是因为没心情连勇气也没了，连自信也没了，连生存的支柱也没了。

惨吗？真惨。人活到这个份上，竟与行尸走肉相差无几了。做人难道真的走不出这自怜自叹的氛围吗？真的跨越不了那来自内心的巨大沟壑吗？偶与朋友小聚，其中长得很丑的一位朋友也应邀而至。他满脸光彩，口若悬河地大谈他的"历险"记，令我愕然而震惊。

那天，很丑的他撑着胆子来到一家舞厅，因为那天他心情很好。他拣了个不太引人注目的地方坐了下来。舞曲渐起，人们纷纷下场一展风姿，可他仍心有余悸不敢请舞伴，怕自己的丑相吓走人家，只好在一边默默地欣赏。渐渐地他感觉身边仿佛有温馨飘过来，抬眼望去，只见一位漂亮动人的少女正对他微笑："先生，跳舞好吗？"看那少女认真的样子，他的心猛然坚强起来，与她共入舞池。

一支曲子下来，他的心情好极了，他感到他的舞姿并不比别人差，他的长相也不是一无可取，他与别人的区别只是心情没有别人好。于是，他决心让自己的心情再好一些。他又一连约了几个女孩与他共舞，而且每次都合作愉快，以至于由于他舞姿潇洒，获得了满场的掌声……

最后他说：人应该天天有个好心情，才能创造出有意义的人生和丰富多彩的生活。用好心情去工作，去学习，去生活，也不枉来世间走一趟。

听罢，我的心猛然一动，这个很丑的朋友，突然在我的面前漂亮起来。我想，我为什么不能有个好心情呢！于是我试着让自己的心情好起来，让自己自信起来。果然，我眼前的一切又都亮丽起来。

人呐，的确应该天天有个好心情。

谁也拦不住你

段正山

就像险峻的大山拦不住汹涌的激流一样，汹涌的激流也拦不住你顶风前行的孤舟。

就像沉静的秋色拦不住凄冷的北风一样，凄冷的北风也拦不住你走向春天的脚步。

厚重的夜幕拦不住闪烁的群星，闪烁的群星也拦不住你心灵窗外的阳光。

朗朗的晴空拦不住突来的暴雨，突来的暴雨也拦不住你已经远去的背影。

只要你不拦着自己，谁也拦不住你。

即使世俗的围墙拦住了你冲动的激情，但决拦不住你激情中的锐气和冲动下的魄力。

即使岁月的大门拦住了你炽热的渴望，但决拦不住你炽热点燃的勇气和渴望滋育的信念。

樊篱拦住了你的犹豫，拦不住你的醒悟。大网拦住了你的拥有，拦不住你的超越。

如果你的梦想在飞翔，拦住你的一定是你的翅膀。

宽广的胸怀不会被躲躲闪闪的指责拦住，拦住你的是你的狭隘。

坚定的选择不会被磕磕绊绊的磨难拦住，拦住你的是你的软弱。

拦着生长的不是幼稚，而是自以为成熟。拦着完美的不是浅薄，而是自以为深刻。

谁也拦不住你，是因为你能走出拦着你的死角。

悬崖拦住了你狂奔的追赶，你可以用理智的绳索保护完成一次惊心的历险。

无意闯入的迷宫拦住了你精美的设想，你可以用灵活的头脑做抵押创造一个非凡的奇迹。

邪恶拦住了你的善良，你可以挥洒正直豪迈一次。迷茫拦住了你的寻找，你可以奉献执着再给自己一次考验。

是的，谁也拦不住你，剩下的就看你怎样活出一个全新的自己了。

世界不再等待我们

罗 西

一次拿破仑外出打猎，忽然听到远处有人呼救。走近一看，原来有人落水。

拿破仑举起猎枪，大声叫道："喂，你要是不爬上来，我就打死你。"那人听了，忘记自己是在水中，用尽全力向岸边划去，经过多次挣扎，终于上岸。

他气愤地问拿破仑："为什么要杀我？"

"我要不吓唬你，你就不会拼命往岸上划，这样，你不就自己死了。"拿破仑笑着说。

一心想活着，而如果他不寻求自救，能活成吗？确实，行动并不是最危险的道路，不采取行动才危险。我们很多人，在日常生活里，喜欢幻想，喜欢憧憬，喜欢描绘，但这一切如果仅仅停留在心动的层次上，永远不会有结果，梦醒时分，仍是双手空空，一无所有。

人应该学会思考，学会筹划，学会预见，而这一切如果不付诸行动，思考、筹划、预见就可能成为忧虑。一个人要成熟，必须在快乐中成长，而快乐地成长，必须在行动中成长。只有行动，才有一个个具体的目标，才会实现一个个小目标，每一天都有收获，每一天都有成就感。那么，你不会觉得前方迷茫，从而更自信、更快乐地走向明天。

成龙说："今天我能在电影界占一席之地，靠的是什么事都自己做的精神。"我们在羡慕成龙的辉煌成绩时，是不是也要看到他忘我的工作态度。"一念之下"固然重要，而更可贵更有效的行动，是一往无前的奋斗。

睁开你的双眼，世界不再等待我们，我们又在等待什么呢？往前走，一定是一片蓝蓝而辽阔的天空！

拉网的时候

吕　林

渔夫几乎都有这样的体会：

当你拉网时，如果网很轻很轻，你知道这肯定是空网。对此，你不会介意，只是摇摇头，笑一笑，赶紧把网拉起，然后又奋力甩出一网……

但是，当网很重很重的时候，你会顿然兴奋，甚至充满五彩斑斓的幻想。你使劲地拉呀，拉呀，结果出乎你的所料，网里只有一块石头。于是，兴奋变成了咒骂，幻想变成了沮丧！你为刚才的惊喜默默地惋惜，好久好久你没再撒出一网……

在生活的海洋里，年轻的朋友，你是否也曾有这样的境况？

——你学习很好，为了这次高考的成功，你开足马力，日夜拼搏，可是仅以一分之差名落金榜。于是，你哭了，你认为一切都化为泡影，发誓今后永不再进考场！

——你方方面面都很出色，几经考核，晋级提干大有希望，可是由于某种原因使你未能如愿。于是，你烦恼，你猜想，你的情绪一落千丈！

——你已临近婚期，可万万没有想到未婚妻要与你分手各自一方。你没有多说一句话，只是从此，从心底憎恨着！

是的，明显的失败，自己能预料到的失败，往往能让人接受。可接近成功的失败，意外的失败，却容易给人巨大的打击和痛心的失望。不过，也正是在这时，才真正考验我们，或再坚持一步，或勇敢地从头再来，就一定能看到成功的曙光！

在生活的海洋里，我们每个人都好比是渔夫，每天都在劳动，都在撒网。无疑，撒网就是播种希望，但拉网不一定都有收获。所以，当我们拉网的时候：网轻，我们不心灰意冷；网重，我们不欣喜若狂！请相信，只要使劲地撒网，使劲地拉网，就能得到生活的最高奖赏！

日子每天都是新的

霜　枫

月亮还是那个月亮，太阳依然是昨天的模样；山冈雕塑般凝固在那个高度，时光也似乎一如既往地平平常常……

我们习惯于这样"跟着感觉走"，而盲目地"跟着感觉走"往往是一种情感的忧伤，理性的迷惘。

哲人说：只有千古不变的日月，没有千古不变的时光。确实，即便太阳月亮真的千古不变，而我们的日子不是时过时新，每天都呈现着新的迹象？昨天陪伴你的还是2023年，而今天迎接你的，已经是2024年的灿烂阳光。

是的，不管承认不承认，不管你能否感觉得到，日子，每天都是新的，我们周围的一切都悄悄地发生着变化。君不见——那一片简陋的瓦屋不知何时轰然矗起了一幢幢高楼大厦，种惯了玉米高粱的土地，也情不自禁地变成了绿油油的时新菜畦；君不见——金钱已不再是浑身铜臭令人讨厌，市场经济已名正言顺登入大雅之堂；君不见——改革开放给人以实实在在看得见摸得着的希望……

没有人愿意锁住日子，在陈旧中度过生命的时光，追求新鲜才是人性的本相。

不要再把"喜新厌旧"当做批判和谴责的法宝，现代人渴求新的观念，新的生活，新的情感，新的向往……

既然，日子每天都是新的，时代已敞开温暖的胸膛，我们就该一头扎进去，没有理由再东张西望，没有理由再犹豫彷徨，没有理由再抱着怀疑的目光。

既然，日子每天都是新的，我们为什么不以全新的姿态，全身的力量，把每一天都活它一个——崭新辉煌?!

诚实是最好的策略

冯友兰

从社会的观点看，信是一个重要的道德。在中国的道德哲学中，信是五常之一。所谓常者，即谓永久不变的道德也。一个社会之能以成立，全靠其中的分子的互助。各分子要互助，须先能互信。例如我们不必自己做饭，而即可有饭吃，乃因有厨子替我们做饭也。在此方面说，是厨子助我们。就另一方面说，我们给厨子工资，使其能养身养家，是我们亦助厨子。此即是互助。有此互助，必先有互信。我们在此工作，而不忧虑午饭之有无，因为我们相信，我们的厨子必已为我们预备也。我们的厨子为我们预备午饭，因他相信，我们于月终必给他工资也。此即是互信。若我们与厨子中间，没有此互信，若我们是无信的人，厨子于月终，或不能得到工资，则厨子必不干；若厨子是无信的人，午饭应预备时不预备，则我们必不敢用厨子。互信不立，则互助即不可能，这是显而易见的。

从个人成功的观点看，有信亦是个人成功的一个必要条件。设想一个人，说话向来不当话，向来欺人。他说要赴一约会，但是到时一定不赴。他说要还一笔账，但是到时一定不还。如果他是如此的无信，社会上即没有人敢与他来往，共事。他既不能在社会内立足，也不能在社会上混了。反过来说，如一个人说话，向来当话，向来不欺人，他说要赴一约会，到时一定到。他说要还一笔账，到时一定还。如果如此，社会上的人一定都愿意同他来往，共事。这就是他做事成功的一个必要的条件。譬如许多商店都要虚价。在这许多商店中，如有一家，真正是"货真价实，童叟无欺"。这一家虽有时不能占小便宜，但愿到他家买东西的人，必较别家多。往长处看，他还是合算的。所以常说："诚实是最好的政策。"

不是我们承受了太多的苦痛，而是
我们不善于用快乐之水冲淡苦味

李含冰

一位少妇到老中医那里求诊，她已经多日茶饭不思，夜里无眠，身体乏力，日渐消瘦……

老中医给她切过脉，观过舌象，便说：你心中有太多的苦恼事，体有虚火，并无大病。少妇听了如遇知音，于是便倾诉心中的种种烦恼。

老中医又问起她的另外一些情况：丈夫对你感情如何？少妇脸上有了笑容，说：很是疼爱我，结婚十年从未红过脸。老中医又问：是否有孩子？少妇眼里闪出光彩，说：一个女孩，很聪明，也很懂事。老中医又问：种的庄稼年年都遭灾减收吗？少妇赶忙摇头说：已连续三年大丰收了……

老中医边问边写，然后把写满字的两张纸放到少妇面前。一张写着她的苦恼事，一张写着她的快乐事，对少妇说：这两张纸就是治病的药方，你把苦恼事看得太重了，忽视了身边的快乐。说着，老中医让徒弟取来一盆水，一只猪苦胆，把胆汁滴入水盆中，那浓绿色的胆汁在水中淡开，很快便不见了踪影。老中医说：胆汁入水，味则变淡，人生何不如此？

不是我们承受了太多的苦痛，而是我们不善于用快乐之水冲淡苦味。

其实，在我们沉沉叹息甚至流泪时，快乐就在身边朝我们微笑。

所有的果都曾经是花，但并非所有的花都成为果

张玉庭

（一）

有个物理学家在举行讲座时曾指出："从太阳光谱上看到的黑线证明，太阳上有金存在。"

不料话音刚落，就有一位银行家冷笑道："如果不能得到它，这样的金子有什么用？"

前者看到的是光明，后者想到的是金钱。

几年后，物理学家因光谱方面的研究而荣获了金质奖章时，他指着奖章告诉银行家："瞧！这是我从太阳上得到的金子！"

银行家张口结舌，无言以对。

（二）

有一朵张狂的花曾嘲笑果，说："我比你漂亮。"

果回答："我的确没有您漂亮。但我知道一条真理，所有的果都曾经是花，但并非所有的花都能成为果。"

（三）

土财主花天酒地，吃饱喝足后倒头就睡。

天天如此，全不知天外还有天。

既乐呵呵，又傻乎乎。

读书人在看书，更深夜静时也不思睡。

天天如此，于是知道了好多道理。

一天，读书人纵论天下大事时，土财主觉得极新鲜，就也打开书看，可才看了两页，就昏昏睡着了。

这就是区别，享受与快乐的区别。

享乐是一种空洞。

快乐却是一种深刻。

人生路漫漫，从容拨琴弦

张佰楷

从容，是一种心境，是一种修养，是现代生活亟须有而又难以保持的生存状态。

面对激烈的竞争和挑战，是手忙脚乱、心急火燎地仓促上阵，还是从容应对，厚积薄发，不争一时一事的得失，坚定不移地奔向既定的目标与高度？我们选择从容。

面对无尽的欲望和诱惑，是蒙头转向、六神无主地随波逐流，还是从容自若，我行我素，不被瞬间的迷乱所动，毫不懈怠地追求自我的宁静和淡泊？我们无疑仍要选择从容。

年轻人心高，初生牛犊不怕虎。但人生没有笔直的路，更无捷径可跃，只有从容不迫地一步一个脚印，不徘徊，不畏难，不停步，才能跨向胜利的彼岸，攀上险峻的高峰。

老年人心急，不用扬鞭自奋蹄。但生命终有它的尽头，更难返老还童，只有从容不迫、任其自然地生活，不超负，不苛求，不退却，方可造就第二次青春，再续生命的欢歌。

从容的对立面是浮躁——当今时代的社会病，唯有从容能够战而胜之，求得坦荡大度。从容的原动力是信念——时下人们的饥饿症，依靠从容就能坚韧不拔,达到自强不息。

"事从容则有余味,人从容则有余年"。这是先辈留下的经验与哲理。去除浮躁,强固信念,从容与我们常在。

人生路漫漫,从容拨琴弦,奏响生命的强音,谱写最和谐最动人的交响乐,从容可贵,从容难求,但愿我们与从容相伴到永远。

脑子要冷静

邹韬奋

我们试冷眼观察国内外有学问的人,有担任大事业魄力的人和富有经验的人,富有修养的人,总有一个共同的德行,便是"静"。我们试细心体会,可以看出一个人的学问、魄力、经验、修养等的程度,往往和他们所有的"静"的程度成正比例。

静的精神之表现于外者,当然以态度言词最为显著。我们只要看见气盛而色浮,便见所得之浅;邃养之人,安详沉静,我们只要见他面色不浮,眼光不乱,便知道他胸中静定,非久养不能。

我们试看善于演说,或演说有经验的人,他的态度非常沉静安定,立在演台上的时候,身体并不十分摇动,就是手势略有动作,也是很自然的。唯其态度能如此之安定自然,所以听众也感觉得精神安定,聚其注意于他的演说。初学演说或演说毫无经验的人,往往以为在演台上要活泼,于是摇手动脚,甚至于跑来跑去,使听众的眼光分散,注意难于集中,真所谓"弄巧成拙"!

做领袖的人,静的精神之表现于态度者尤为重要,遇着重要事故或意外事故时,常人先要惊慌纷乱,举止失措,做领袖的便要绝对的镇定,方可镇定人心,不至火上添油,越弄越糟。

"静"的精神之可贵,不但关系外表,脑子要冷静,然后思想才能够明澈缜密。有了这种冷静的脑子，用来研究学问，才不致受古人所愚，才不致受今人所欺，一以理智为分析判断之准绳；有了这种冷静的脑子，用来应事应人，才能应付得当，不受欺蒙；有了这种冷静的脑子，用来立身处世，才能不为外撼，不为物移，才能不至一人誉之而喜，一人毁之而忧，才做得到得意时不放肆，失意时不烦恼，因为有了这种冷静的脑子，胸中有主，然后不为外移。

昔贤吕心吾先生曾经说过："君子处事，主之以镇静有主之心。"又说："干天下大事，非气不济，然气欲藏不欲露，欲抑不欲扬，掀天揭地事业，不动声色，不惊耳目，做得停停妥妥，此为第一妙手。"这几句话很可以说出静的妙用来。

但是我们所主张的"静"是积极的，不是消极的；是要向前做的，不是袖手好闲的。例如踢足球的时候，守球门的人多么手敏眼快，但是心里是要十分冷静的，苟一心慌意乱，对方的球到眼前还要帮助对方挥进自己的门里去！我们是要以静为动之母，不是不动。关于这一点，吕心吾先生还有几句很可以使我们受用的话，我现在就引来做本文的结束："处天下事只晓得安详二字，虽兵贵神速，也须从此二字做去。然安详非迟缓之谓也，从容详审，养奋发于凝定之中耳。是故不闲则不忙，不逸则不劳。若先急缓，则后必急遽，是事之殃也，十行九悔。岂得谓之安详？"

学会拒绝，才不会步入歧途

陈敬能

行走于世间，接纳或拒绝，爱或不爱，放弃或执着……

每个人都应有接纳与宽容之心，但也要学会拒绝。

我拒绝麻木。虽然生活的磨砺让太多的热情气化作云，但不能让感情磨出老茧，如果没有云让眼神放飞追逐，那么生还有什么乐趣。

我拒绝永远明媚的日子。因为那是虚幻的梦境，痛苦可以让我成长，让我坚强。生活中的阴雨与风雪使我能清醒地在春梦中看清脚下的路。

我拒绝折下那朵盛开的小花，那是在毁灭美的生命。一支脆弱的纤细花茎，经过多少挣扎与痛苦才盛开出美丽，怎忍心为个人的私欲而去毁灭别人的幸福。我只求远远地望着，默默祈祷那自然的奇迹开遍人生的每个角落。

我拒绝用青春去赌明天。那弥足珍贵的季节，怎能经得起一掷千金，千金可以收回，但无论是一小时、一分钟……失去了便无处可寻了。青春属于自己，把握它，运用它，珍惜它，才能收获金秋的硕果。

我拒绝成为那窗台上惧怕风雨的温柔花，只能隔着玻璃窗，感叹多变的天气。有朝一日，有风从虚掩的窗户掠过，那娇弱的芳心便瓣瓣凋零了，落一地遗憾和伤心。我欣赏那些与男人并肩的女性，凭自己的聪慧和魅力，得到世界的尊重和生活的地位。我欣赏那有几分豪气的女人，靠自己的双肩担起生活重担，出得厅堂，下得厨房。卷起袖子能杀鸡宰羊，却也有万缕柔肠能营造一片温馨。

我拒绝生活中的痛苦，虽然我无力去阻挡要降临的事情。曾听过一个故事：有人去找禅师求得解脱痛苦的方法，禅师让他自己悟出。第一天，禅师问他悟到什么？他不知，便举起戒尺打他一下。第二天，禅师又问，他仍不知，禅师举戒尺又打了他一下。第三天他仍然没有收获，当禅师举手要打时，他却挡住了。于是禅师笑道："你终于悟出了这道理——拒绝痛苦。"

我拒绝为满足虚荣、得到金钱与地位而不惜以青春、美丽甚至感情为祭品。人生中充满诱惑，也同样遍布着歧途与陷阱，女人的美丽是自然的恩赐，是真、善、美的化身，宛如一块无瑕的美玉，决不能被世俗污染，女人要靠自己的能力与才智取得应有的地位和尊重。

我拒绝倾听罗密欧与朱丽叶式的故事。虽然他们爱得壮烈，但终究是悲剧的结局。我只求现实中的爱有一点浪漫，有几许微风，有短暂的雷雨也无妨，始终是平淡而幸福的喜剧。

我拒绝向岁月祈求，流着泪埋怨时光的无情。虽然，青春已无声地在日历中一页页翻飞不见了，生活已把经历写在我的眼角，染白长长的青丝，但我相信女人的青春在于她的心境。美丽易逝，魅力永存。

我拒绝目的明确的爱情。爱是无法用语言说明的，一个让人辗转难眠、牵肠挂肚、见面时又相对无言的情感遭遇，经过多少欢笑与泪水、缠绵与零落，只为表达一个难以启齿的字——爱。我喜欢平静地望着爱人眼中的自己，微笑着面对幸福，不言不语，携手同行，也拒绝被爱炙伤，拒绝让激情疯狂燃烧后，苍白的灰烬被失望的冬季耗尽青春的余温。

拒绝肤浅，接纳深沉。拒绝憎恶，接纳宽容、关怀和容忍。拒绝虚伪，接纳真诚。拒绝假、恶、丑，而接纳真、善、美……生活中，一条充满诱惑的大路在脚下延伸着，只有学会拒绝才不会步入歧途。

宽待人生

周国平

一

我喜欢的格言：人所具有的我都具有——包括弱点。我爱躺在夜晚的草地上仰望星宿，但我自己不愿做星宿。

二

有时候，我们需要站到云雾上来俯视一下自己和自己周围的人们，这样，我们对己对人都不会太苛求了。

三

有时候，我对人类的弱点怀有如此温柔的同情，远远超过对优点的钦佩。那些有着明显弱点的人更使我感到亲切。

一个太好的女人，我是配不上的，她也不需要我，因为她有天堂等着她。可是，突然发现她有弱点，有致命的会把她送往地狱的弱点，我就依恋她了。我要守在地狱的门前，阻止她进去。

四

有时候，我会对人这种动物忽然生出一种古怪的怜爱之情。他们像别的动物一样出生和死亡，可是有着一些别的动物无法想象的行为和嗜好。其中，最特别的是两样东西：货币和文字。这两样东西在养育他们的自然中一丁点儿根据也找不到，却使多少人迷恋了一辈子，一些人热衷于摆弄和积聚货币，另一些人热衷于摆弄和积聚文字。由自然的眼光看，那副热衷的劲头是同样地可笑的！

五

没有一种人性的弱点是我所不能原谅的，但有的是出于同情，有的是出于鄙夷。

六

在这个世界上，一个人重感情就难免会软弱，求完美就难免有遗憾。也许，宽容自己这一点软弱，我们就能坚持；接受人生这一点遗憾，我们就能平静。

七

一天是很短的。早晨的计划，晚上发现只完成很小的一部分。一生也是很短的。年轻时的心愿，年老时发现只实现很小一部分。今天的计划没完成，还有明天。今生的心愿没实现，却不再有来世了。所以，不妨榨取每一天，但不要苛求绝无增援力量的一生。要记住：人一生能做的事情不多，无论做成几件，都是值得满意的。

无论怎样经营，赢亏得失是你自己的事

喻丽清

生　命

终点是不可言喻的静。起点是无端莫名的痛苦。

于是，你呱呱坠地，你静默逝去。一切未静止以前，你总想尽方法去动。

于是，有喜剧，有悲剧。生命是一片喧哗。

在不该挥霍的时光，你挥霍着错误与悔恨。时间似水长流，而生命却要归还。

怎样经营，赢亏得失，是你自己的事。生命不过是上苍借你一用的资本。

雨

旱的时候，想雨。雨的时候，又盼望阳光。就像并不讨厌悲剧，只怕自己串演悲角。其实，并不在乎落雨，只是怕走这一条泥泞的路。

眼前有乌云遮蔽看不到苍穹的光亮，但总该相信雨后必有晴天。如你痛哭，也该相信泪后的人生，才有水洗过的清明。踏稳脚步，尽管泥泞的路在雨中。

秋已走过

云，一心想流浪，急急地、急急地带走了秋。

小小、小小的桂花，苍白地落在泥泞的地上。秋，走过了。

秋阳似酒，把果实都催熟了。所有光谱上的色彩，田野里的风一一点收。

只是，回首的时候，满阶都是喟叹。

想找秋的时候，秋已走过，想来想去，想少了青春。

刚要成熟，又要老去。时光，总是如此的不经用。

窗

连一只鸟儿都不来访，有什么关系。总有阳光、月色和可爱的繁星做伴。

一扇轻窗，能框住雨露多变的晨昏，却框不住清风吹送的花香；能看见人生寻常的悲喜，却透视不了浮世曲折的沧桑。

还是打开窗吧，总比玻璃内朦胧的想象要好。

你老是忙着从外面擦拭那些蒙尘的玻璃，总不见明亮；有一天，你从心里面去擦，却蓦然洁净了。

于是你守在心灵的窗畔，将看遍生命一幕幕绝美的风景。

让高尚站立，那是一生的雕琢

段正山

高尚，是甩开胆怯的犹豫、困惑的迷茫，诚实地第一次自我曝光，且不作任何表白；高尚，是踏上巅峰不轻狂、跌入低谷不凄凉，矢志不移、荣辱不惊的境界。

高尚应是心中涌动的追求，而不应是演说中的自白；高尚可以是写出来的座右铭，而不可以是自我推销的广告词。

当高尚充溢在自我鉴定里的时候，不管语言如何委婉，那它透出的虚伪也是露骨的；当高尚也投身于交换的时候，不管付出的代价如何微小，那它丧失的尊严也是极昂贵的。

人生的履历再坎坷也是平淡的流水账，它不容得半点加上的润色。是英雄，后人自会做出高尚的注解；是庸人，即使在碑文上刻满高尚，历史的风雨也会把它剥落得干干净净。

高尚的思想不是读不懂的天书，它是踏向历史高地的背影留下的启示，是跋涉于人间沧桑的足迹折射的光辉，是向无助伸出的手向寒冷捧出的温暖。

然而高尚无需证明。

高尚的诞生不是为了赌气，不是为了求证，更不是为了索取。

仅是为了摘取某个桂冠，才投入一次艰辛，即使真的享有荣光了，那它的光彩也定会在并非虔诚的欲望中黯淡。自然，桂冠的魅力也并不能照亮前行的路。

仅是为了某次亮相，才装饰自己的修养，即使真的在掌声中撑起了高雅，那么走下台后的粗俗一定会把完美打得粉碎，再上台表演群众又怎能买账。

高尚不是精彩的一瞬，不是一次性优美的定格，不是为了一次让人感动的付出。

让高尚站立，那是一生的雕琢。

高尚无需证明。

第三章　唯有激情，生命才是美丽而又永恒的

笑靥如花，真情如花，希望如花，生命亦如花。每个人都有自己喜欢的花，每个人也都有许多理由善待自己。把一生的光阴凝成时光长河中的那一瓣恒久的心香，在盛开的一刹那，灿烂夺目的它会吸引所有的视线。

——吴萧杨

唯有激情，生命才是美丽而又永恒的

张心阳

最沉重的思考，是对如何做人的思考，因为做人本来就没有一个统一的标准答案。

谁在这个问题上采取精炼、简约和高瞻远瞩的方式，谁就能获得轻松。

有些人艰难地走着往下走去的路，并不是因为前景灿烂，而只是为了对得起过去走过的路。

真正的人，是在权力、地位、名誉、金钱、财产等堆砌的基座塌倒之后，他仍在站着，只有朋友不肯离去。

敢死，固然精神可贵；敢活，有时比敢死更可贵。

官能给民一个明白，民就能给官一个清白。

做清官就这么简单。

在崇尚"谦谦君子"的社会环境里，谦逊的平庸者比有个性的聪明人得到赞美和实惠的机会要多。

人们在讲心里话的时候，还要冠以"说句心里话"的帽子。

由此可见，我们听到的多少话不是心里话。

人们疑惑，为什么"老实"成了"无能"的代名词。

这是因为，"狡诈"悄悄地占了社会生活的合法地位。

我之所以爱欣赏台球，不只是因其高雅，更在于其高雅的背后充分体现着人的本性——对己有利时一分也不放过，对己不利时，也绝不给人以机会。

台球将高雅的外表与功利的本质巧妙地糅为一体。

看一个人是否真的关心处在远方他爱的人，从他是否关心那里的天气预报便可窥一斑。

最深的爱常常表现在对最简单的事情的关注上。

赞扬别人是无本的投资。

阿谀别人等于以伪币行贿。

飞瀑之下横空架起的彩虹，是巨流粉身碎骨的杰作。

但拥有满腔的激情的巨流仍不会死去，留下供人赞美的景观之后，又悠然而去。

唯有富有激情的生命才是既美丽又永恒的。

情感的孤独者，觉得城市过于喧嚣嘈杂。

思想的孤独者，觉得城市如同旷野荒原。

"孤独者不是野兽便是神灵"，亚里士多德如是说。

你确有把握的就是今日

李大钊

　　我以为世间最可宝贵的就是"今",最易丧失的也是"今",因为他最容易丧失,所以更觉得他可以宝贵。

　　为什么"今"最可宝贵呢?最好借哲人耶曼孙所说的话答这个疑问:"尔若爱千古,尔当爱现在。昨日不能唤回来,明天还不确实,尔能确有把握的就是今日。今日一天,当明日两天。"

　　为什么"今"最易丧失呢?因为宇宙大化,刻刻流转,绝不停留。时间这个东西,也不因为吾人贵他爱他稍稍在人间留恋。试问吾人说"今"说"现在",茫茫百千万劫,究竟哪一刹那是吾人的"今",是吾人的"现在"呢?刚刚说他是"今"是"现在",他早已风驰电掣的一般,已成"过去"了。吾人若要糊糊涂涂把他丢掉,岂不可惜?

　　有的哲学家说,时间但有"过去"与"未来",并无"现在"。有的又说,"过去""未来"皆是"现在"。我以为"过去未来皆是现在"的话倒有些道理。因为"现在"就是所有"过去"流入的世界,换句话说,所有"过去"都埋没于"现在"的里边。故一时代的思潮,不是单纯在这个时代所能凭空成立的,不晓得有几多"过去"时代的思潮,差不多可以说是由所有"过去"时代的思潮,一凑合而成的。

　　吾人投一石子于时代潮流里面,所激起的波澜声响,都向永远流动传播,不能消灭。屈原的《离骚》,永远使人人感泣,打击林肯头颅的枪声,呼应于永远的时间与空间。一时代的变动,绝不消失,仍遗留于次一时代,这样传演,至于无穷,在世界中有一贯相连的永远性。昨日的事件,与今日的事件合构成数个复杂事件。此数个复杂事件,与明日的数个复杂事件,更合构成数个复杂事件。势力结合势力,问题牵起问题。无限的"过去"，都以"现在"为归宿。无限的"未来"，都以"现在"为渊源。"过去""未来"的中间，全仗有"现在"以成其连续，以成其永远，以成其无始无终的大实在。一掣现在的铃，无限的过去未来皆遥相呼应。这就是过去未来皆是现在的道理，这就是"今"最可宝贵的道理。

现时有两种不知爱"今"的人：一种是厌"今"的人，一种是乐"今"的人。

厌"今"的人也有两派。一派是对于"现在"一切现象都不满足，因起一种回顾"过去"的感想。他们觉得"今"的总是不好，古的都是好。政治、法律、道德、风俗，全是"今"不如古。此派人唯一的希望在复古。他们的心力全施于复古的运动。一派是对于"现在"一切现象都不满足，与复古的厌"今"派全同。但是他们不想"过去"，但盼"将来"。盼"将来"的结果，往往流于梦想，把许多"现在"可以努力的事业都放弃不做，单是耽溺于虚无缥缈的空玄境界。这两派人都是不能助益进化，并且很足阻滞进化的。

乐"今"的人大概是些无志趣无意识的人，是些对于"现在"一切满足的人。他们觉得所处境遇可以安乐优游，不必再图进取，再为创造。这种人丧失"今"的好处，阻滞进化的潮流，同厌"今"派毫无区别。

原来厌"今"为人类的通性。大凡一境尚未实现以前，觉得此境有无限的佳趣，有无疆的福利；一旦身陷其境，却觉不过尔尔，随即起一种失望的念，厌"今"的心。又如吾人方处一境，觉得无甚可乐；而一旦其境变易，却又觉得其境可恋，其情可思。前者为企望"将来"的动机，后者为反顾"过去"的动机。但是回想"过去"，毫无效用，且空耗努力的时间。若以企望"将来"的动机，而尽"现在"的势力，则厌"今"思想，却大足为进化的原动。乐"今"是一种惰性（inertia），须再进一步，了解"今"所以可爱的道理。全在凭他可以为创造"将来"的努力，决不在得他可以安乐无为。

热心复古的人，开口闭口都是说"现在"的景象若何黑暗，若何卑污，罪恶若何深重，祸患若何剧烈。要晓得"现在"的景象倘若真是这样黑暗，这样卑污，罪恶这样深重，祸患这样剧烈，也都是"过去"所遗留的宿孽，断断不是"现在"造的，全归咎于"现在"，是断断不能受的。要想改变他，但当努力以回复"过去"。

照这个道理讲起来，大实在的瀑流，永远由无始的实在向无终的实在奔流。吾人的"我"，吾人的生命，也永远和所有生活上的潮流，随着大实在的奔流，以为扩大，以为继续，以为进转，以为发展，故实在即动力，生命即流转。

忆独秀先生曾于《一九一六年》文中说过，青年欲达民族更新的希望，"必自杀其一九一五年之青年，而自重其一九一六年之青年"。我尝推广其意，也说过人生唯一的薪向，青年唯一的责任，在"从现在青春之我，扑杀过去青春之我，促今日青春之我，禅让明日青春之我"。"不仅以今日青春之我，追杀今日白首之我，并宜以今日青春之我，预杀来日白首之我"。实则历史的现象，时时流转，时时变易，同时还遗留永远不灭的现象和生命于宇宙之间，如何能杀得？所谓杀者，不过使今日的"我"不仍旧沉滞于昨天的"我"。而在今日之"我"中，固明明有昨天的"我"存在。不止有昨天的"我"，昨天以前的"我"，乃至十年二十年百千万亿年的"我"都俨然存在于"今我"的身上。然则"今"之"我"，"我"之"今"，岂可不珍重自将，为世间造些功德？稍一失脚，必致遗留层层罪恶种子于"未来"无量的人，即未来无量的"我"，永不能消除，永不能忏悔。

我请以最简明的一句话写出这篇的意思来：

吾人在世，不可厌"今"而徒回思"过去"，梦想"将来"，以耗误"现在"的努力。又不可以"今"境自足，毫不拿出"现在"的努力，谋

"将来"的发展。宜善用"今"，以努力为"将来"之创造。由"今"所造的功德罪孽，永久不灭。故人生本务，在随实在之进行，为后人造大功德，供永远的"我"享受，扩张，传袭，至无穷极，以达"宇宙即我，我即宇宙"之究竟。

时间即生命

梁实秋

　　最令人触目惊心的一件事，是看着钟表上的秒针一下一下地移动，每移动一下就是表示我们的寿命已经缩短了一部分。再看看墙上挂着的可以一张张撕下的日历，每天撕下一张就是表示我们的寿命又缩短了一天。因为时间即生命。没有人不爱惜他的生命，但很少有人珍视他的时间。如果想在有生之年做一点什么事，学一点什么学问，充实自己，帮助别人，使生命有意义，不虚此生，那么就不可浪费光阴。这道理人人都懂，可是很少有人真能积极不懈的善为利用他的时间。

　　我自己就是浪费了很多时间的一个人。我不打麻将，我不经常的听戏看电影，几年中难得一次，我不长时间看电视，通常只看半个小时，我也不串门子闲聊天。有人问我："那么你大部分时间都做了些什么呢？"我痛心反省，我发现，除了职务上的必须及人情上所不能免的活动之外，我的时间大部分都浪费了。我应该集中精力，读我所未读过的书，我应该利用所有时间，写我所要写的东西。但是我没能这样做。我的好多的时间都糊里糊涂的混过去了，"少壮不努力，老大徒伤悲"。

　　例如我翻译莎士比亚，本来计划于课余之暇每年翻译两部，二十年即可完成，但是我用了三十年，主要的原因是懒。翻译之所以完成，主要的是因为活得相当长久，十分惊险。翻译完成之后，虽然仍有工作计划，但体力渐衰，有力不从心之感。假使年轻的时候鞭策自己，如今当有较好或较多的表现。然而悔之晚矣。

我年过三十才知道读书自修的重要。我披阅，我圈点，但是恒心不足，时作时辍。五十以学易，可以无大过矣，我如今年过八十，还没有接触过易经，说来惭愧。史书也很重要。我出国留学的时候，我父亲买了一套同文石印的前四史，塞满了我的行箧的一半空间，我在外国混了几年之后又把前四史原封带回来了。直到四十年后才鼓起勇气读了"通鉴"一遍。现在我要读的书太多，深感时间有限。

无论做什么事，健康的身体是基本条件。我在学校读书的时候，有所谓"强迫运动"，我踢破过几双球鞋，打断过几只球拍。因此侥幸维持下来最低限度的体力。老来打过几年太极拳，目前则以散步活动筋骨而已。寄语年轻朋友，千万要持之以恒的从事运动，这不是嬉戏，不是浪费时间。健康的身体是做人做事的真正的本钱。

匆　匆

朱自清

燕子去了，有再来的时候；杨柳枯了，有再青的时候；桃花谢了，有再开的时候。但是，聪明的你告诉我，我们的日子为什么一去不复返呢？——是有人偷了他罢，那是谁？又藏在何处呢？是他们自己逃走了罢，现在又到了哪里呢？

我不知道他们给了我多少日子，但我的手确乎是渐渐空虚了。在默默地算着，八千多日子已经从我手中溜去，像针尖上一滴水滴在大海里，我的日子滴在时间的流里，没有声音，也没有影子。我不禁头涔涔而泪潸潸了。

去的尽管去了，来的尽管来着，去来的中间，又怎样地匆匆呢？早上我起来的时候，小屋里射进两三方斜斜的太阳。太阳他有脚呀，轻轻悄悄地挪移了，我也茫茫然跟着旋转。于是——洗手的时候，日子从水盆里过去；吃饭的时候，日子从饭碗里过去；默默时，便从凝然的双眼前过去。我觉察他去的匆匆了，伸出手遮挽时，他又从遮挽着的手边过去；天黑时，我躺在床上，他便伶伶俐俐地从我身上跨过，从我脚边飞去了；等我睁开眼和太阳再见，这算又溜走了一日。我掩着面叹息，但是新来的日子的影儿又开始在叹息里闪过了。

在逃去如飞的日子里，在千门万户的世界里的我能做些什么呢？只有徘徊罢了，只有匆匆罢了；在八千多日的匆匆里，除徘徊外，又剩些什么呢？过去的日子，如轻烟，被微风吹散了；如薄雾，被初阳蒸融了。我留着些什么痕迹呢？我何曾留着像游丝样的痕迹呢？我赤裸裸来到这世界，转眼间也将赤裸裸的回去罢？但不能平的，为什么偏要白白走这一遭啊？

聪明的，你告诉我，我们的日子为什么一去不复返呢？

以零秒的速度去争取每一点滴的时间

罗 兰

每天都听广播员报过了"现在是凌晨 1 时"与"今天"全天的播音节目之后，带着怅惘的心情去准备入睡。怅惘的是，我找不到夜。夜尚未到手，便已被另一个"今天"所取代。没有今夜，而只有"今天"的 24 小时与"明天"的 24 小时。今天尚未过去，次一天就已迫不及待地赶着登场。夜就在一个今天与另一个今天之间被挤扁。现代生活就是如此匆匆，匆匆到以零秒的速度跨过每一个日子，以零秒的速度去争取每一点滴的时间。

每次，我带着一整天的疲倦，好容易料理清楚种种样样的杂事，刚想舒一口气，而就被"×月×日凌晨 1 时"所唤醒时，我就感到一阵难言的失落。我觉得现代人真如同一个个被时间之鞭所驱策催逼着的奴隶。你无权拥有上天赐予的深夜，而只有分秒必争的白日与白日。你无权驻足喘息，随时总有人把你从朦胧中唤醒，告诉你，你所拖挽的这列生命之车是一列从生到死的直达车，这旅程，没有中途站。

于是，在这样的匆匆里，你既无暇对你所置身的这个世界略作观赏，你也无暇对在这世界上奔劳跋涉的自己做一刻心灵的内省与感觉的回顾。

时间如同贬值的货币，它的面额愈来愈大。以前的人们活着，以"天"为单位。每一个今天，接着一个象征终结的今夜。过去那个年代的人们，即使在苦难中，尚有余地让他们在一个辛劳的日子过后，把自己躲进一切静止、一切消隐的黑夜。在那样的黑夜里，没有灯光的惊闪，没有机器的喧闹，没有工作数字的竞赛，没有连夜赶工的加班，没有透支生命的游乐。夜是一道护城河，隔开白日与白日的战役，躲开另一天生命之鞭的驱使，找到一枕沉酣。在那样的时代里，人们过一天，有一天应得的休息。"明天"隔着迢迢长夜，那是一个段落，一次结算；黑夜过去之后，是另一个起点。而现在，人们活着是以"一生"为单位。你降生了，就给你上足了弦，让你"嗒嗒嗒嗒"马不停蹄地奔向终站。这世界是不舍昼夜地吵吵嚷嚷，有日校夜校在不舍昼夜地读书，有日班夜班在不舍昼夜地工作，有日场夜场在不舍昼夜地游乐。于是，生命也如不舍昼夜的江水，在喧腾澎湃中，义无反顾地流逝。不错，这是一段没有休止的奔驰，是一首"永动曲"。这一生，是一张大面额的纸币，只够你一口气把它挥霍。

我渴望一个法定的夜，赋给它应有的权威，去撑开一个又一个忙烦的白日。让这一生有较多的单位数量，使我觉得手头丰裕，而心情安闲。正如我喜欢一些不会贬值的零钞，让我可以有较从容的心情，慢慢地去选择自己微小的用项，以便多有一些收获。而不愿如同一个奢华的浪子，把仅有的一张整钞孤注一掷地花完。

大山的花季

王安雄

就爱这样简约而粗放地活着：

无非多一点风吹日晒，无非多一点浅饮淡喝，无非多一点披霜踏露。

就愿这样甘守寂寞地活着：

无论立足之地，只是一片石板，几分瘠薄，你都满怀一腔如霞的色彩，悄然地去把明天的鲜美开拓；无论周围的环境，杂草遮阳，甘露不多，你依然无忧无虑地生长，朝气勃勃地倾吐春色——开花的季节就开花，结实的日子就献果。

就想这样壮志凌云、生命强盛地活着：

与松柏相依，芳菲一家；

登千仞高处，向天竞发；

看云海拱日，银瀑飞挂。

怯懦者形容你是一种难以接受的选择，无畏者则赞美你是一种难以接近的崇高姿势；

风风雨雨，不曾见你意志萎缩；

坎坎坷坷，不曾见你士气低落。

太阳永不褪色，你也永不褪色。

生命的绿意

王贵刚

北方三月，乍暖还寒，绿意隐约。

遥看向阳坡那片倔强的草地，街畔摇曳的柳枝，一抹嫩绿，一丝鹅黄……3 月风传达大自然渐渐泛绿的情感，这番景象都是我们可以领会的睿言爱语……

然而，青春无季。生命的绿意不只在 3 月显露。不用说松柏的坚韧，不用说秋菊雪莲的独傲，真挚地生活真挚地爱，那便是你心中永驻不凋的绿意。

生命的绿意是这样铸成的：任岁月无情，你童贞如初心热如初；任羁旅劳顿，你不歇不辍一如既往；任花季深深喧嚣纷攘，你只属意墨守一枝的宁静；任群鸟圆润雨腻云香，你只在契和的旋律里撷取一种风流，纵然是寒凝天边的落雪之夜，你仍无怨无悔，以赤烫之浆浇灌不死的信念，塑造活人的筋骨。

生命的绿意是这样赢得的：不强求似花的娇艳，却拥有新鲜活泼的内质美丽；不强求占有的富足，却拥有亦歌亦哭的饱满情怀；不强求呼朋引伴飞觞醉月的浮华，却拥有淡漠中的每一个日子。珍惜自己聚散的小小收获，也不强求曾经的沧海巫山，何妨迁移，湿润的泥土总有眷恋久长；纵然是亦风亦雨的阴晦之夕，你也不能辜负已然开启的心愿，因为前面等待你的是无法拒绝的初夏的辉煌。

朋友，你已有了这样一个出色的开端，那么留下你对春天的宣言：朝前走，让山光水色去清秀它们自己吧，让人群从远处走来或从身边擦过吧，我只以生命独有的绿色答复对生活的谢意。

前方给你

任惠敏

东西南北中，也不知道到哪里更好。但是不管到哪里，只要先到前面去看看，就会感到比眼前开阔。由此，前面吸引了那么多的人，都在急于赶程。

前面有一片绿树，鸟在上面，霞在上面，春风在上面。日头下枝枝叶叶在发出不同的光亮，如姹紫嫣红的火焰。

前面有一片梅园，轻轻滴着五千年的梅瓣，渗进皑皑白雪，呈一幅古老画面。古老希望和现代希望亲密相接，那是一个民族的梦境。

前面有一条路，五彩缤纷，鲜花似锦。路上激荡的乐曲，振奋着人们的胸腔，那是一条多彩的路。

前面有一条河，芙蓉花般的微波轻轻荡漾。河水亲近着人类，那才是一条缠绕我们的彩练呢。

站在前面能看到后面，开始的时候还清晰，渐渐地就被新的风影遮掩，开始变得模糊不清；站在前面能望到前面，青山绿湖总在前面，越往前面走看得越真实。只要伸长胳膊，都能搂进怀里。

前面比身边亮，前面比身边好看。前面蝶飞燕啾，鸟唱蜂鸣，是一大片一大片的圣境。

前面多好。

给自己找个对手

大　卫

据说作为一个英雄最大的悲哀并不是被别人打败，而是在征战的疆场上没有一个可以与之一试高低的对手。

在这个世界上我们不可能每一个人都做英雄，我们只是一些普普通通的人。但和那些威名显赫的英雄一样，我们这些凡夫俗子也有一个强烈的渴望，那就是给自己找个对手，让平淡的生活激荡出一些清亮亮、蓝莹莹的浪波。

瀑布寻找深潭作为对手，它在纵身飞跃的刹那，才创造出银瓶乍裂、金崩玉溅式的美丽和壮观。

钻机寻找岩石作为对手，它才在寂寞、枯燥的工作中谱出流热溢火的壮歌，才能在单调乏味的日子里释放出自己的能量、闪耀出自己的辉煌。

给自己找个对手，就如同刀在寻找剑，歌词在寻找旋律，骆驼在寻找沙漠，金刚钻在寻找瓷器……

给自己找个对手，并不是盲目地寻找"挑战者"。在这儿必须弄清楚的一点就是：我们在给自己寻找"对手"，而不是寻找"敌手"。我们并不想逞一时之能而四面树敌八方威风。我们也绝不想把对方打倒在地，然后气喘吁吁地决出胜负、分出高低。

给自己找个对手，说白了就是自己强壮自己、自己锤炼自己。

让那颗历经风霜的心在跌宕起伏的岁月里，能够不断地迎接机遇与挑战，并且把其中的经验与教训作为自己不断成长的营养。

给自己找个对手，从某一种意义上说，又何尝不是在检验自己的那根名叫命运的弹簧，到底能够承受住多少来自生活的重量?！

让你的承诺站起来

王安雄

你看到了独善其身的堤，坚韧地将自己护卫田园的承诺站起来，日日夜夜站在旷野，而情愿在瞬间即逝的流水旁，一点点磨损自己的青春。

你看到了灵魂如椽的树，默然地将自己托起绿荫的承诺站起来，竭力站得高些、更高些，而不顾及自己可能会成为风暴最先袭击的目标。

多少生命向你证实了：用自己全部情感将承诺站起来所产生的力量和价值无可比拟。

于是你确定让自己的承诺站起来的这一最有意义和生机的人生姿势。

或站成一双双眼睛里期待的桥梁，让生活因你的鼎立于世而抹平一段坎坷。

或站成一盏夜幕下的路灯，让别人因你的可以依持的亮色而平添一份夜行的信心。

你说，你拥抱的如果只是一只苦苦航行的船，你就站成一叶风雨同舟的帆，雨里有你伴随，风里靠你扶持。

你说，你仰慕的倘若只是那面光彩夺目的红旗，你就站成坚定不移的旗杆。旗帜飘扬在哪里，你就支撑在哪里；旗召唤多久，你就挺立多久。

你的感叹深沉而精彩：站不起来的承诺，那只不过是一张苍白、浅薄的标签。

走向自信的五彩门

虞荣舜

请相信自己吧，相信你自己的思想，你内心深处确认的真理。充满自信地迈向自我，用力地构筑，智的凝聚和美的旋律。

天才就在于鄙弃教条，挣脱传统的羁绊，敢于说出自己的而不是别人的思想。伟人决不只限于仰视圣者领空的星辰，用拥有自己熔铸的七色太阳梦，他们的优势就在于孩童般的纯真和大胆。

"呼"地吹出长长的一口气，吹熄了17支生日蜡烛，也吹走了惶惑、盲从和自卑，走出迷茫的季节跨入青春的五彩门，你就是一个自立的公民了，该到了用自己的头脑思考，用自己的声音发表主见的年龄了。

不能老是沉湎于琼瑶的梦幻、三毛的超脱和席慕蓉的清丽，不能老是倾慕高仓健的刚毅、佐罗的侠胆和阿兰德龙的抬头纹。

认识你自己吧，走自己的路，记住世上没有任何人像你。

改革的大潮推出五彩缤纷的思想浪花，开放展现了错综复杂的社会现象，你是自立的公民，应校准人生的罗盘，独立思考，我们不能拒绝在真理的海洋中游泳。

请解开皮夹克的纽扣，挽着自己的线条和色彩，走向迪斯科舞厅的奔放，走向演讲台的潇洒，走向岗位竞选的胆识，走向社会大舞台的主角……

胸中有朝阳，人应当有自信。

人生是一种播种，希望是种子，实践是土地

李含冰

人生，需要珍惜别人，也需要珍惜自己。

人生在世，会有许许多多的希望、期待、渴盼、梦想……然而，有许多时候不会成为令人陶醉的现实。

希望大路平坦笔直，却常有转弯处和崎岖；希望播种后能五谷丰硕，却常有病虫害有冰雹有暴雨……

人生是一挂载重的车，由如意和失意两个轮子支撑。只有一个轮子，这挂车就不会前行。因为失意像深秋里带有寒意的风，虽然不如春风和煦，不如夏风赤热，却能把果实吹红；因为失意像磨石，虽然能把人的灵魂磨痛，甚至要滴血，却会让人丰富自己的生命，不能"偏瘫"低能。

人生这部书，是用两支笔书写的：一支笔书写如意的欢欣，一支笔书写失意的苦痛，这部书才能有精美的故事，才能经得起品味。人生是立体的雕塑，不是一种色彩的平面图。只有如意没有失意，人生也苍白。战胜失意是为了如意，要如意就必须冲过失意的篱笆墙。

人生，有不如意才有如意，有不欢欣才有欢欣，有不顺畅才有顺畅，有不成功才有成功，所以，如意时不要傲然目空一切；失意时也不要凄凄然自暴自弃！

人生是一次播种，希望是种子，实践是土地。播种了不一定都发芽，但不播种却永远不会发芽。

有志者失意时重新审视自己，不肯弯下高贵的身脊；无志者才无价值地折磨自己，用眼泪浸泡叹息。失意的同时珍惜了自己，也就是重新选择走向成功的开始。

成功的每条路上，留有许多奋进者珍惜自己的深深足迹。

珍惜自己的自尊、自重、自强，生活也会珍惜你！

耐　力

端木蕻良

鸽子，在天空飞着。人们把哨子拴在它的腿上，从天空里，便飞来悠扬的哨响。

天是晴朗的，只有一两片白云。鸽子在空中盘旋。鸽子的翻腾，从哨子发声的波折中，也可以听出来。

鸽子一群一群地飞着，在罗马的古堡上飞着，当但丁第一次和碧蒂利采相遇的时候，鸽子就在那儿飞着。

鸽子在天安门前飞着，在北京城刚刚建造起来的时候，它们就在这儿飞着。

鸽子有凤头的，有黑翅的，有纯白的，还有带芝麻点儿的。但，翅膀都同样的矫健。

鸽子的眼睛，透着爱的光。它会把食物用嘴吐出来喂养小鸽子。据说鸽子老了，它孵养的鸽子，也会来喂养它……

鸽子的翅膀，没有海鸥那么长，也没有鹞子那么大，更没有鹰那么会在高空中滑翔……但它的翅膀却比它们都强……

鸽子是喜欢群居的，但也能单独飞行，在它完成最远的行程的时候，常常是在单独的情况下做到的。

在这个远程的飞行里，它几乎是没有东西吃，也没有水喝，就是不停地飞，不到达目的地不停止。鸽子横渡海洋，白天和黑夜都不停地飞行。在海面上没有什么可吃的，海水也是不能喝的，半途也没有地方歇息，要是有岩石的地方，那已是到了海的那一边了……

骆驼能征服沙漠，鸽子能征服天空……

骆驼不会像马那样奔驰，鸽子也不像海燕那样遨游。但鸽子和骆驼相比，同样都有耐力。它们的耐力是坚强的，漫卷的黄沙和凶猛的台风在它们面前，都为之失色……

它们的耐力，使它们总是能到达它们要去的地方，在沙漠里几乎找不到中途倒在沙里的骆驼，在海洋里，也看不到中途跌落的鸽子。

骆驼和鸽子，同样没有剑拔弩张的样子，它们的眼睛都含着羞怯的光。但是它们的眼睛，从不被沙子迷住，也从不怕狂风的吹打……

骆驼的峰就是一座拱桥，它沟通了东方和西方的文化，驼铃是最可靠的信使，最动人的信息……

鸽子是忠诚的，它能把军事机密准确无误地带到指挥员的手中……

鸽哨又在我的头上响起来了，我听到它，并不感到它的声音不大，而是觉得整个天空都在它的声音里变小了……

把事情做好是更好的防御和进攻

王 蒙

我有三枚闲章："无为而治""逍遥""不设防"。"无为"与"逍遥"都写过了，现在说一说"不设防"。

不设防的核心一是光明坦荡，二是不怕暴露自己的弱点。

为什么不设防？因为没有设防的必要。无害人之心，无苟且之意，无不轨之念，无非礼之思，防什么？谁能奈这样的不设防者何？

我的毛笔字写得很差，但仍有人要我题字。我最喜欢题的自撰箴言乃是"大道无术"四字。鬼机灵毕竟是小机灵，小手段只能收效于一时，小团体只能鼓噪一阵。只有大道，客观规律之道，历史发展之道，为文为人之道，才能真正解决问题。设防，只是小术，叫做雕虫小技。靠小术占小利，最终贻笑大方。设防就要装腔作势，言行不一，当场出丑，露出尾巴，徒留笑柄。设防就要戴上假面，拒真正的友人于千里之外，终于不伦不类，孤家寡人。

不怕暴露自己的缺点，乃至敢于自嘲，意味着清醒更意味着自信，意味着活泼更意味着真诚。缺点就缺点，弱点就弱点，不想唬人，不想骗人，亲切待人，因诚得诚。不为自己的形象而操心，不为别人的风言风语而气怒，动不动就拉出自己来，往自己脸上贴金。自吹自擂，自哀自叹，自急自闹，都是一无所长，毫无自信的结果，都实在让人笑话。

从另一方面来说，不设防是最好的保护。亲切和坦荡，千千万万读者和友人的了解与支持，上下左右内外的了解与支持，这不是比马其诺防线更加攻不破的防线么？

之所以不设防，还有一个也许是最重要的最根本的原因：我们没有时间，比起为个人设防来说，我们有更多得多、更有意义得多的事情去做。把事情做好，这也是更好的防御和进攻——对于那些专门干扰别人做事的人。

因为不设防是不是也有吃亏的时候，让一些不怀好意的小人得逞——乱抓辫子乱扣帽子的时候呢？

当然有。然而，从长远来说，得大于失，虽失犹得，不设防仍然是我始终不悔的信条。

人活着就不要败下擂台，要倒，就朝着下一个擂台的方向

金 马

人，生来不该与失败情绪同行，而是要走上擂台来打擂的。只要一路打下去，所谓的成败，所谓的结果，也就不再显得那么重要了。

人，从出生之日起，就该走上擂台！并且高高兴兴地、坦坦荡荡地、大大方方地朝着必然一天一天逼近的死亡——生命转化的另一种存在方式走去！走上擂台不惧输赢，逼近死亡亦不计寿限，有了这两点认识，一切所谓的世道艰难也就都不在话下，一切所谓的命运多舛也就都不足挂齿了。

地球本身，其实也是个大擂台，它在宇宙中存活着，同时也受着寿限的威胁，存在着和空间伙伴火并的危机！只是时限的相对长度较长和遭遇危机的可能性更难以估量罢了。再从人类自身的历史来看，人类从诞生至今，哪一代所经历的时空曾经是平安无事的？人群之间的恶战几乎贯穿始终至今未息！有人说："今天的时代，与'生'的力量相比，削弱'生'的力量，几倍、十几倍地增长"（池田大作：《我的人学》）。这可能是真的，但也只能说它可能反映了当代人类生存的时空条件的一个侧面。也可以斩钉截铁地说，人类文明正面临着一次质的、巨大的、难以估量其进化价值以及审美价值的大飞跃。试问在人类编年史中，有哪个时代曾经像今天这样，几十亿有幸处于和平环境下生活的人们（除了那些仍然在遭受战事蹂躏的地区和人民），如此惬意地享受着、如此飞快演进着的物质文明和精神文明成果？太远的不说，两次世界大战期间，几千万无辜的人民无端地被剥夺了生的权利，那时，"削弱'生'的力量"与"'生'的力量"相比又该如何？可见，从宇宙来说，球球（指一个个的星球）都有

本难念的经；从人类来说，代代都有难挡的灾！既然我们生在地球上，就得豁出胆子，拿出同地球共存亡的勇力；既然我们降生在人类里（而不是动物界），就该活出个"人"样来，不能让迎面袭来的一切困危吓倒，更不能自造有害自身生存姿态的囚牢！

人，活着就不要败下擂台；要倒，也该面孔朝前，朝着下一个擂台的方向倒。这样子，可以倒出一个真正的"人"的气概来，摔出一个无愧于含灵之类的"人"的模样来。也唯有这样子，才不致丢了先人的脸面、为人的元气，才不算枉来人世一遭。

第四章　爱是创造奇迹的源泉

　　真爱一个人，不是因为他能带给你什么而爱他，而是因为爱他而准备接受他带来的一切，真爱一个人，就是不指望他让你能在人前夸耀，但一定要在最深的心底有这样的把握：即使全世界与我为敌，他也会站在我身边。

——潘向黎

爱　情

张晓风

两　岸

　　我们总是聚少离多，如两岸。

　　如两岸——只因我们之间恒流着一条莽莽苍苍的河。我们太爱那条河，太爱太爱，以致竟然把自己站成了岸。

　　站成了岸，我爱，没有人勉强我们，我们自己把自己站成了岸。

　　春天的时候，我爱，杨柳将此岸绿遍，漂亮的绿绦子潜身于同色调的绿波里，缓缓地向彼岸游去。河中有萍，河中有藻，河中有云影天光，仍是《国风·关雎》篇的河啊，而我，一径向你泅去。

　　我向你泅去，我正遇见你，向我泅来——以同样柔和的柳条。我们在河心相遇，我们的千丝万缕秘密地牵起手来，在河底。

只因为这世上有河，因此就必须有两岸，以及两岸的绿杨堤。我不知我们为什么只因坚持要一条河，而竟把自己矗立成两岸，岁岁年年相向而绿，任地老天荒，我们合力撑住一条河，死命地呵护那千里烟波。

两岸总是有相同的风，相同的雨，相同的水位。乍酱草匀分给两岸相等的红，鸟翼点给两岸同样的白，而秋来蒹葭露冷，给我们以相似的苍凉。

蓦然发现，原来我们同属一块大地。

纵然被河道凿开，对峙，却不曾分离。

年年春来时，在温柔得令人心疼的三月，我们忍不住伸出手臂，在河底秘密地挽起。

定义以及命运

年轻的时候，怎么会那么傻呢？

对"人"的定义，对"爱"的定义，对"生活"的定义，对莫名其妙的刚听到的一个"哲学名词"的定义……

那时候，老是郑重其事地把左掌右掌看了又看，或者，从一条曲曲折折的感情线，估计着感情的河道是否决堤。有时，又正经的把一张脸交给一个人，从鼻山眼水中，去窥探一生的风光。

奇怪，年轻的时候，怎么什么都想知道？

忽然有一天，我们就长大了，因为爱。

忽然有一天，我们把所背的定义全忘了，我们遗失了登山指南，我们甚至忘了自己，忘了那一切，只因我们已登山，并且结庐于一弯溪谷。千泉引来千月，万窍邀来万风，无边的庄严中，我们也自庄严起来。

而长年的携手，我们已彼此把掌纹叠印在对方的掌纹上，我们的眉因为同蹙同展而衔接为同一个名字的山脉，我们的眼因为相同的视线而映出为连波一片，怎样的看相者才能看明白这样的两双手的天机，怎样的预言家才能说清楚这样两张脸的命运？

蔷薇几曾有定义，白云何所谓其命运，谁又见过为劈头迎来的巨石而焦灼的流水？怎么会那么傻呢，年轻的时候。

从　俗

当我们相爱——在开头的时候——我们觉得自己清雅飞逸，仿佛有一个新我，自旧我中飘然游离而出。

当我们相爱时，我们从每一寸皮肤、每一缕思维伸出触角，要去探索这个世界，拥抱这个世界，我们开始相信自己的不凡。

相爱的人未必要朝朝暮暮相守在一起——在小说里都是这样说的，小说里的男人和女人一眨眼便已暮年，而他们始终没有生活在一起，他们留给我们的是凄美的回忆。

但我们是活生生的人，我们不是小说，我们要朝朝暮暮，我们要活在同一个时间，我们要活在同一个空间，我们要相厮相守，相牵相挂，于是我们放弃飞腾，回到人间，和一切庸俗的人同其庸俗。

如果相爱的结果是使我们平凡，让我们平凡。

如果爱情的历程是让我们由纵横行空的天马变而为忍辱负重行向一路崎岖的承载驽马，让我们接受。

如果爱情的轨迹总是把云霄之上的金童玉女贬为人间烟火中的匹妇匹夫，让我们甘心。我们只有这一生，这是我们唯一的筹码，我们要合在一起下注。

我们只有这一生，这是我们唯一的戏码，我们要同台演出。

于是，我们要了婚姻。

于是，我们经营起一个巢，栖守其间。

有厨房，有餐厅，那里有我们一饮一啄的牵情。

有客厅，那里有我们共同的朋友以及他们的高谈阔论。

有兼为书房的卧房，各人的书站在各人的书架里，但书架相衔，矗立成壁，连我们那些完全不同类的书也在声气相求。

有孩子的房间，夜夜等着我们去为一双娇儿痴女念故事，并且盖他们老是踢掉的棉被。

至于我们曾订下的山之盟呢？我们所渴望的水之约呢？让它等一等，我们总有一天会去的，但现在，我们已选择了从俗。

贴向生活，贴向平凡，山林可以是公寓，电铃可以是诗，让我们且来从俗。

爱的絮语

席慕蓉

1

丛林中吹过细碎的风，我的孩子从梦中醒来了。双颊温香如蔷薇，黑亮的眼睛在四处搜索、探寻。那神情从睡意蒙眬变为惊奇，变为惶恐，再变为忧伤，一直到忽然间看见了她的母亲。于是，笑意霎时从整朵粉红的小蔷薇上荡漾开来："妈妈，妈妈。"她满足地轻声呼唤我。

而我遂温柔的俯身就她的呼唤，一如亘古以来所有的母亲。

2

在孩子不听话时，我心中充满了懊恼，停止了呼叱，我独自扶着头，坐在角落里，疲倦地流泪了。

而那在一秒钟之前还在疯狂状态的顽童忽然安静下来了，远远的，她用又清又亮的眼睛注视着我。然后蹒跚地爬过来攀住我裸露的膝头，那温热的小手掌试着要拨开我的双手，"妈妈？妈妈？"

唯一的词汇可以有多少种变化！妈妈，你别哭了。妈妈，我不再闹了。妈妈，我后悔了。妈妈，我爱你！

3

在从前，玫瑰对我象征甜美的爱，而在今天，它代表危险，因为，它的刺会伤害我的孩子。

在以前，奔跑对我是一种享受。而在今天，我必须慢慢地走，因为我的孩子的脚太小、太弱了。

当我是少女时，我怕黑，怕陌生人，怕一切可怕的事物，但当我今天成为母亲时，为了我的孩子，我变成为一只准备对抗一切危险的母狼。

4

孩子，你是在什么时候来到我们身边的？

是跟着待产室窗外的曙光来的吗？

还是再早一点，在上一个春天，在那个胖医生向我恭喜时来的吗？

还是更早一点，在我和你的父亲忽然发现屋子太冷清，而邻居婴儿的笑声太可爱时，你已在我们心中成形了呢？在我们的渴望中，你已开始微笑了呢？

今天你来了，你没让我们失望，果然长得和我们渴望的一模一样。

5

父亲回家了，孩子在门里看见，便跳跃着叫："爸爸，爸爸。"

然后，两只白胖的小手举起她父亲的拖鞋，东歪西撞地跑到门边，一边叫着："爸爸鞋鞋，爸爸鞋鞋。"

那个辛苦奔波了一天的父亲，在一进门的这一刹那就获得满足的补偿了。

6

孩子在小床上说梦话："妈妈打。"然后又翻身睡着了。

但她的被惊醒的母亲却在大床上支着颐，俯视着孩子的小脸，再也无法入睡了。

亲爱的孩子，难道妈妈真的是这样凶，让你在睡梦中也不得安宁？你不是妈妈最盼望的礼物吗？你不是妈妈最珍贵的财产吗？当妈妈听到你第一声的啼哭时，那喜悦和感恩的泪水不是曾夺眶而出吗？

为什么，竟然因为不愿意忍受你的自主，你的智慧的成长，或者只因为妈妈疲倦了，便恫吓你，对你生气。孩子，妈妈对不起你。

7

风和日丽，父亲和母亲带着孩子出来散步。街上的人和平常一样，忙着做自己的事。脚踏车店的学徒在补车胎，米店的老板在扫走廊，学生在等公共汽车上学校，每个人都和平常一样。

但是，父亲和母亲却不住向人点头微笑，因为他们正带着那个美丽的孩子出来散步，所以，要不断地用谦虚的微笑来掩饰心中的骄傲和自豪。

只有在爱情之中你才会领略到生活的味道

张秀亚

只有在爱情之中，你才领略到生活的味道。

当爱情来临的时候，你好像获得了新的生命，宇宙间的一切，在你看来，也都像是散发着新的光彩。爱这个奇异的字，尽管已有无数的诗人、艺术家歌赞描绘过它了，但是，每一个初次领略到它的人，却觉着它有无限的新奇、无穷的魅力。古往今来千万支笔对它的描绘，似乎都嫌不足呢。

亲爱的少女们，你们当中一定有些人正沉浸在爱情当中，也有一些人正看到爱情的羽影，自遥远的地带向自己飞来，你们也能说出爱情的滋味吧？它是像一盏葡萄酒那么浓烈醉人呢，抑是像一杯柠檬汁在芳馨之中带着微微的涩苦？你们能告诉我吗？

也曾有人说，爱情像一杯五味酒，它是一种奇异的混合，说不出的甜美，说不尽的酸苦。也有人说，最美的爱的境界，是两默许，而未着一字的时候，是耶非耶，迷离恍惚最为使人沉酣，等真正地道破这个字时，反而觉得平淡无味了。

但那只是一些诗人的看法，真正的爱情，不仅经得起"道破"，并且经得起分析与考验。

曾经有人说过，当爱情向你走近了时，你固无须跑上前去迎接它，不须藏在幕后闪避它，却应安详镇静地加以思索考虑，这的确是极有见地的话。

最珍贵的爱情，我们一生中只能有一次，因此，亲爱的少女们，不要轻易接受，更不要轻易给予，珍重你的初恋吧，那可以给你终生回味不尽的甘味，也会给你留下涂抹不去的悲哀。

当一个男子向你表示爱意的时候，你要仔细地思量一下，你更要自问：

这个人是我理想的影子吗？

他是以真正的心意来对我呢，抑是戴着假面？

我所爱的是否即是他？抑或是我对爱情的幻想将他美化了？

我能终日与他对坐谈话，长久厮守，而不感觉厌倦吗？

他是否爱我胜过爱其自身？为我牺牲一切而在所不惜？为我受苦而甘之如饴？我对他也能如此吗？

如果对这些问题的答案都是满意的，你就可以考虑接受他感情的献赠了。但是，有时候缺少世故经验的少女，在心上为一个人划的分数，仍不太可靠，最好再侧面探听一下，从他的朋友、熟人处，打听一下他过去的行为，客观搜集来的材料，加上个人的观察，才能成为有价值的"参考资料"。

同时，对一个男子献上来的情感，你更应该如一个科学家般加以分析。曾经有一个女孩子，对一个向她求爱的男子说了一段话，这段话，我觉得也可以供你参考：

你说你现在爱上了我，这是不是真的爱？如果你现在觉得爱我，你得先问问你自己，过多久你就可以忘记了我？这爱情是由"互相了解"而产生的，抑是由"互相误解"而形成的？你了解我吗？你了解你自己吗？你想想看，你是不是误会了你自己，同时也误会了我？是不是想借我的影子，暂时装饰你心灵的空虚之窗？这是真正的爱的定义吗？爱有多少种，有许多却是赝品。有的人来爱，是为了愉悦自己；有人是为了欺骗自己；有人是为了装饰自己。但真正的爱却是牺牲，为了所爱的人而受苦，或者至少不使所爱者为了自己的爱情而痛苦……假如说，我们现在是相爱了，你能说得出哪一种吗？

（录自小说集《寻梦草》）

这一段话里，有的是真诚与坦白，有感情的成分，但更充满了理智，这可以说是利用心智在剖析爱情，足以使一个"冒牌"的爱人哑口无言。由这些字句，我们可以明白，爱情可以分为若干种类，其中更有真假之分。我们倘能够记住这些话，则在心理上可说已备有一块爱情的试金石，当不会为外表的闪光所欺骗，误以平凡的铜片为纯金了。

更有人说，爱情是无条件的，而我们则以为：它是有条件的，它的"无条件"正是它的条件！爱情的无条件，指的是物质方面。

爱情的有条件，指的是精神方面。

有些艺术家曾经把爱神画成一个蒙着眼睛的小顽皮，用以说明爱的盲目。实际那不过是画家讽刺的笔法而已，我们以为爱神即使是盲于目，也不会盲于心。

外表、财富，都不是爱情的条件，且绝不能成为爱情的条件，它全部的以及唯一的条件是"心灵"。试想，你如果获得了一个人的一切，而失去了他的心灵，那又有什么意味呢？谁能说这是爱情呢？

听一些智者怎样形容真正的爱情吧——

"我的爱人和我的心一样高。"

"心爱的，也许你正如一些人所说，只是土制灯盏里的光焰，以及如豆的闪烁灯花——我却毫不介意……因为你照亮我的幽暗，如同白昼无限的光华。"

"我如果喜欢物质上的享受，我可以唾手而得，但是，我轻视这些，我理想的爱人，必得是能在精神上鼓励我的人。"

"我理想的爱人，必得是能在精神上鼓励我的人。"说这句话的是教育家斐斯特洛基的夫人安娜女士，她这一句话，为"理想的爱人"下了一个最恰当的定义。

亲爱的少女们，你们当中一定有些人已寻觅到理想的爱人了。但有些人仍等待着"他"的来临，如果他能够在精神上鼓励你，那真可说是一个值得你爱慕的人了。不要喜欢那些献上来的簪环、美饰吧，只有诚恳的言行，一支朴素的花，一颗忠诚的心灵，才是你值得含笑接受的。

每个年轻人都渴望爱情，有如植物在盼望春天，但是，有时因为年事太轻，缺少判断力，当真正的爱情来到时，反而不能辨识，却去迎接那伪装的爱情，这是少女们生活中常常扮演的悲剧，暮年时只在心中留下无限的追悔。

亲爱的少女们，在生命的道途中，你要留心那最真挚的爱情献赠。不要辜负了一个忠诚的爱者，反而去追随那言语说得动听、外表假作殷勤的"冒充"的爱人。你记得莎士比亚那篇喜剧《威尼斯商人》中的故事吧——那个富家女波霞征婚，预备了金、银、铝三个箱子，令那些求婚者自三者中选择一个，哪人选的箱子中如藏着波霞本人的肖像，他就算中选了。结果，那些选择金箱银箱的都失望而去，只有那个选中了铝箱的，得到了长伴伊人的幸福。

在爱情中，我们应该具有一双慧眼，穿过了外表，而看到"那个人"真正的肖像！

心灵永远只为心灵而洞开

斯　妤

对我来说，爱一个人就是欣喜于两颗心灵撞击爆发出来的美丽时，在心中一遍又一遍地祈祷这不是幻影，也不是瞬间，而是唯一的例外，是真实的永恒。

爱一个人就是即使虚妄即使短暂也仍抑制不住馈赠的冲动，而终于伸出手去，递上你的心你的灵魂。哪怕梦幻再度破碎，哪怕灵魂从此分裂，你无力拒绝那样若有若无若远若近若生若死的一种情感。

爱一个人就是当他审视你时，你平生第一次不自信，于是时光倒流，你一夜之间回到20年前，那时在你小女孩的心中，除了渴望美丽还是渴望美丽……

爱一个人就是真切地想做他的左右臂膀，做他的眼睛，甚至做他的闹钟——当平庸的现实、丑陋的现实张开大口逼近他时，你要在他心里尖锐地叫起来，使他一个箭步，潇洒地跳开。

爱一个人就是从不写诗的你居然写下这样的诗句：

多么想有你的电话从天边传来/多么想有你的问候伴一束鲜花/多么想在雷雨交加的正午有你顽强的臂膀支撑/多么想共下舞池和你在那清丽的夜晚/多么想当老迈病痛的晚年到来和你相视而笑/多么想在这忧伤沉闷的夜晚有你突然从天而降。

爱一个人就是渐渐对他滋生出母性情感，爱他所长，宽宥他所短，并

· 111 ·

且一改不爱写信、不爱记事的习惯，不断将你的感受、发现、读书心得写下来寄给他。希望一封接一封的长信，能使他开阔，使他丰富。

爱一个人就是面对巨大的心灵距离却视而不见，反而时时刻刻庆幸你的富有。你相信这个世界上快要消失的那份真情正牢牢握在你手中。你看见晨星会笑，看见晚霞会颔首，看见晦暗的严冬也不再皱眉。你以微笑面对一切，因为你感觉比整个世界都强大。

爱一个人就是明知不可却又不断重复致命的错误：倾诉你的情感与思念，倾诉你对他的珍惜与依恋，并且自欺欺人地相信他没有一般男性的浅薄与无聊。

爱一个人就是极度失望后保险丝终于嗞嗞地燃烧起来，枷锁卸下，心重新轻松起来，自由起来，可是只要一句话，一个关切的神情，就会轻而易举地将你扔进新一轮的燃烧。

爱一个人就是一边怨恨他一边思念他，一边贬低他一边憧憬他。刚刚下逐客令宣布永不再见，翻转身却又七颠八倒地拨动电话寻找他。

爱一个人就是有一天当幻影终于彻底还原为幻影，真实终于完全显露出冷酷时，你虽有预感却仍旧目瞪口呆。你的心口一阵痉挛，你的大脑出现空白。你不相信这是真的，不相信你最珍惜的原来最虚幻、最孱弱。

爱一个人就是从那天起你不再怜悯聋哑人——没有语言能力的人不必倾听谎言，信赖谎言。没有语言能力的人不必为冰凉的语言所伤害。心灵永远只为心灵所审视，心灵永远只为心灵而洞开，聋哑何妨？

爱一个人就是大恸之后终于心头一片空白。你不再爱也不再恨，不再恼怒也不再悲哀。你心中渐渐滋生出怜悯。怜悯曾经沉溺的你，更怜悯你爱过的那人，怜悯那份庸常，还有那份虚弱。

这时，爱一个人就变成了一段经历。这段经历曾经甘美如饴，却终于惨痛无比；这段经历渐渐沉淀为一级台阶——你站到台阶上，重新恢复了高度。

岁月流不走爱情

蒋六合

爱情有说不完的故事，有写不尽的题材，然而，什么才是真正的爱情呢？

事事找寻可靠的证据，在没有把握确知对方喜欢自己以前，不轻举妄动，这样的人永远无法跨入爱情的门槛。

相对的，有些人条件未必好，却常有美丽的恋情。他们喜欢一个女孩，就假定这女孩也一定喜欢自己，说话的口气、腔调与神情就好像前生注定一般。这女孩先是诧异后是惊喜，当然也有些迷惑，因为从来没有人这样对她说话，难道自己也在喜欢他吗？

大概是吧！爱情的火花就此燃起。结局如何，那是另一个问题了。

爱使人异于平常，犹如疯狂，这种疯狂却是神圣的，它使人深深了解自身的原貌。

所谓疯狂，恋爱的人可以不眠不食，晚上看月亮，白天压马路，即使对坐互望也心满意足。他们说话犹如梦中呓语，不仅不切实际，而且夸张离谱，连自己说什么也不清楚，平常十分在乎的事情，忽然变得可有可无，而心上人无意中的一句话，成了生活中努力的最大目标和一生成功的最大安慰。

两人相爱，不畏天崩地裂，就怕日久天长，既累又疲，还是重新归零回到日常生活的轨道吧！可惜，世间的疯狂恋爱也大都以此收场。

当一个人恋爱时，他就看轻现实世界的一切，摆脱变迁的幻境，追求永恒的理想。爱使他不断提升，由欣赏外形的美丽俊俏，升至心灵的温柔婉约，最后宇宙万物无一不美。

这种上升过程，不是耽于俗务的人可以想象的。恋爱中人的疯狂，却有电光石火的作用，蓦然发现人生的意义即是如此。

如此看来，爱确实可以说是"神圣的疯狂"了。

爱情就是爱情，任何爱情以外的字眼都不足以形容爱情的本身。爱情是一种浑然忘我的感觉，这种感觉来无影去无踪，瞻之在前，忽焉在后，到我们认识这种感情正是爱情时，爱情可能已经渐渐从我们眼前模糊以至于消逝了。

有的人从来没有谈过恋爱，一生空白，终身寂寞。没有爱情的世界是怎么回事呢？没有谈过恋爱就是指生活中没有爱情，空虚、无聊，充满了无奈。

恋爱必须有对象，这个对象通常是异性。女人遇到男人，无论是一见钟情陷入深深的爱中，或是经过刻骨铭心的相思相恋，传统都在告知一个事实，就是女人的一生要被男人接受才算数，否则她是失败的。

婚姻也是男性的一项成功指标。白雪公主遇到王子才快乐起来，女人没有谈过恋爱，一生都是忧忧郁郁，完美中若有缺憾。

爱情比较合理的，或者更确切地说，最安全的归宿是婚姻。一对有情人彼此携手进入礼堂，爱情的变数减少了，常数增加了，爱情不再那么偶然，必然自然逐渐提高，生命无可避免地经历了一次重大的蜕变。

从此，人世间最亲近的人是枕边人，他们相互承诺永世不渝、彼此扶持。大多数的人婚姻与感情稳定，无非是习惯而已。

平凡、清淡足以提醒我们自己是最富足而幸福的，减少了我们对生命中的怨恨。可惜现代有许多人相信有激情才有爱情，以每周做爱的频率测试爱情的热度，一点点性爱关系的失调，即视之为爱情的危机。

"你爱不爱我？""你还爱我吗？"爱情变得诚惶诚恐，变得若即若离。希望获得爱情，岂能不具备一点点的敏锐与温情？我们用不着计较对方有没有表现什么，却不能不点滴在心里感受对方的情意。

妻子轻声呵责孩子太吵闹，要他们安静，好让爸爸多睡一会儿；丈夫在灯下戴起老花眼镜仔细研究太太的健康检查报告，这不仅是爱情，还有生死相与的意义。

维持心里这么一根爱之弦的一点点的震颤，也是悠悠回荡久久不去的，这种男女爱情的乐章从不间断，纵使是同一句话、同一件事也都是不同的协奏，永远新鲜动人。

爱情只有一个条件，那就是彼此爱着

暖　暖

18 岁时，她想象的爱情是琼瑶小说里的；22 岁时，她迎来了生命里的第一个男友。可是，被她深爱的这个男孩最后却背离了她。

由于伤心，她远离故土，去闯京城。在没有爱情的日子里，她把一切精力和心思都扑在工作上。经过几年的努力之后，她拥有了一家不大不小的咨询公司。

好友们开始为她着急了。30 岁，对一个女人来说，该是抱着孩子享受家庭生活的年龄了；而她，还没有一个合适的男友。

她已经被生活磨得世故，浪漫成了一桩遥远的心事。好友问她要找什么样的男子时，她道出的条件是：月收入 3000 元以上，身高不低于 1.75 米，职业要体面，长得不能太差……

在好友的撮合下，她见了几个男子，却一一告吹。

第一个，各方面条件都不错，只是有几个龅牙。其实，只要那个人不大声说笑，龅牙是完全看不到的。可她却不这样想。也许，那龅牙并不是她不同意的主要原因，真正的原因是她面对那个男子没有产生出一点爱的感觉。

第二个，各方面条件更好一些，但她还是不能心甘情愿地接受。具体不满意些什么，她也说不上来。考虑到再蹉跎下去一辈子很快就完了，她才勉强开始同这个男人谈婚论嫁。

可是，事情却发生了变化。

在她决定嫁给他的前一天晚上，她同他谈起了婚后的事。他希望她结婚以后，做个专职的家庭主妇，他的经济条件完全可以养活她和孩子。他说完这话，她便改变了嫁他的初衷。后来，她细想起来，很怀疑自己早就想离开这个男子了，只是一直没有合适的理由。现在，她对自己不愿意这个男子可以有个圆满的交代：这个男子不尊重女性，大男子主义，而且非常自私。

后来，她就遇见了他。

那天，天很热，一点风都没有。她骑着摩托车办事，半途，车坏了。她停在路边，急得不得了。路上来来往往的人很多，可是却没有一个人肯帮助她一下。她懊恼地半跪在地上，白裙子上沾满了尘土。他来了，只轻轻问一句：需要我帮忙吗？那一刻，她感动得快要掉下泪来。

他在她的摩托车旁蹲下来。仔细地检查故障，一会儿就热得满头大汗。他头顶的发有些稀疏，但是，在太阳下他努力为她修摩托时，她觉得他英俊极了。也是在那一刻，她毫无道理地爱上了他。他修了一会儿车，告诉她由于工具不全不能完全修好，但可以骑了。最后，他递给她一张名片，说他平时很喜欢摩托车，也爱看一些这方面的书。如果她哪天有空，可以来找他，他可以帮她把摩托车完全修好。当然，她也可以去修车铺。他最后补充了这么一句。

几天后，她去找了他。以后，便开始了往来。

有一天，当她向他表白爱慕之情时，他先是震惊，继而说他们不合适。她问他为什么，他说她条件太好了：美丽、学历高、经济好，他不配她。她摇着头告诉他，说这些都不是爱情的条件。他沉默了好久才说：我曾经患过癌症，这就是我头发稀少的原因。虽然现在已经好了，但谁也不知道将来还会不会复发。你跟我，无疑是选择了一条最难走的婚姻之路。

而我，不敢保证能给你一个幸福的未来。我不英俊、不强健、不富有。你跟我，不会幸福的。

他忍不住抬手为她擦泪，她一把抓住他的手，久久哽咽之后，她说：我不相信你不懂，爱情的条件只有一个，就是彼此相爱，现在，你只要告诉我你爱不爱我，其他什么都不重要。

她望着他，似乎在等待着她一生幸福的答案一般。

终于，他重重地点了点头，无语泪下。

一个月之后，他们结婚了。婚后的美满与幸福很难让人相信，他们从相识到牵手仅仅用了两个月的时光。

是啊，经济和外貌也许是一些人选择婚姻的条件，但这些条件却不一定能保证婚姻的幸福。也许，幸福的婚姻同爱情一样，条件只有一个，那就是彼此相爱。

只要我们能两厢厮守

席慕蓉

今夜，在她小小的园中，昙花依然一样，尽它的全力在绽放，绽放，绽放。那是一种生命宣泄的力量，一种精神饱满、激情飞扬、信心十足、舍我其谁的力量。这种力量让我们想到人活着就要全然地活着，全神贯注地活着，就像流星一闪而过的壮观凄美。活着，专注此刻地活着，就是无憾的人生。仿佛并不知道在顷刻之后，就是幕落花凋，昭华尽失。

一个人的一生，对于漫漫的历史长河来说，只不过是短暂的一瞬，就好像一朵浪花偶尔在一望无际的大海上的一闪，怎样度过这短暂的一生，对于每一个人来说都是一个永恒的课题。

人，作为人，一个人的生命只不过100年，100年之后呢？1000年之后呢？10000年之后呢？我们要把漫漫的历史长河浓缩成一个点，再把这个点无限放大，在无限循环中来把握生命的博大精深。

站在花前，觉得有点冷，心里很明白，平凡如她，是不能够也不舍得像昙花这样孤注一掷的。

平凡如她，对任何事物，从来也不敢完全投入，不敢放进一种澎湃的激情，所以，她想，她也没有权利要求一次全然的圆满的绽放。生命对于她，应该只是一条平静的河流，带着许多琐碎的爱恋与牵绊，缓缓流过，如此而已。

丈夫醒了，在窗内轻声呼唤她，等她回到床前，他却又已经睡着了。悄悄地躺在丈夫身边，紧靠着那强健的身体，她的心里觉得平安和满足，想起了那一首法文歌：

何必在意那余年还有几许？

何必在意那前路上有着什么样的安排？

只要我们能两相厮守，

一起老去……

窗外，月明星稀，她在花香里沉沉睡去。

把优越感让给男人

罗 兰

近代新女性常反对男人的优越感。"五四"以后的知识妇女曾着意把头发剪成男子式样，脸上不施脂粉，衣服宽袍大袖，以表示自己并不逊于男人。

其实，站在女人的立场，我倒不反对把优越感让给男人。因为有了这份优越感，男人才会负起上天赋予他的那份责任心与保护者的职务。以一个国家来说，无疑的，主要是男性负着保卫的责任；以一个家庭来说，男性也是主要的支柱，日常生活中，偶遇意外情况，也多半是体力较佳男性来对女性施以援手。

由于男人较女人身强力大，较女人多具理智而少动感情，较女人多具果断力，而少不必要的担忧，因此逢到"涉外"事件时，大可让他们去出面解决或承担。他们既可胜任愉快，女人也正好借此藏拙，把心力用在自己擅长的事情上。只有当他们因过分勇往直前而把事情弄僵、以致无法转圜时，才用得着女人们以女性的婉转柔和，与那一份可被允许的先天的"不讲理"，去为他们做善后或打圆场的工作。

我认为这是上天极好的安排，也是对女人的一份厚赐。老子说"不敢为天下先""上善若水，水善利万物而不争"。女人之可贵处在于柔，因此不必去与男人争"强"，而要给他这份强；让他去做保护者，你去做被保护者。这样不但彼此可以相安无事，皆大欢喜，而且许多事情也都可赖以推动。

丈夫是男人，因此，做妻子的要给丈夫这份优越感，好让他去支撑门面，发挥男人的威力，做你的避风港，何乐而不为？

在男人面前，你与其滔滔雄辩，不如微笑倾听。不过，假如你不赞成他的意见，却绝对可以阳奉阴违，按你自己的主张做去。或者索性来个不问是非黑白——随你怎么说，"我就是不讲理"。他对你会无可奈何，但并不会真的动气，因为这无损于他的优越感。

当然，这里所谓"不讲理"并非真的不讲理。而是在他面前，你与其想把他完全说服，以争取你的胜利，不如把你实际上的理由隐藏一些，而以"不讲理"的方式来表示你的坚持。男人能够容忍你的"不讲理"，却不大能容忍被你的理由所说服。

因此，你尽可在表面上让胜利归他，而实际上胜利属你，即使到了后来，他发现了你的阳奉阴违或蛮不讲理，他也会以宽容的心情一笑置之——"女人嘛！真拿她没办法！"听其词若有憾焉，实乃深喜之也。

相反的，假如你不知趣，一定要在当场驳倒他，以表现你的理对，而他的理错，那么你看吧！他会和你争论到底。结果不是给你下不了台，就是他拂袖而去，原因就是你损害了他的优越感。

曾在一部电影里听到一个男人说："我最讨厌发号施令的女人！"写这句台词的人或可代表绝大多数的男人。

当然，女人也照样讨厌发号施令的男人。不过，女人更应该知道，"让他以为是他在发号施令"和"真正让他发号施令"的不同之处。顺应各人先天禀赋，以被保护者的姿态出现，可以减少冲突，而获得真正的优惠。

曾见到一个家庭中，太太抢尽风头，一应事务都没有丈夫参加意见的余地。但背后这位太太却又抱怨丈夫懦弱。可见即使领袖欲再强的女人，也并不真正希望丈夫屈居被保护的地位，此之谓天性。

满足男人的优越感，不但可以使他对家庭多负责任，而且也可以增强他的自信心与拓展力，有助于他在事业上的成就。

女人较丈夫在才干方面表现得逊色些，无妨心理。男人如自觉在才干上逊于太太，自卑感一旦产生，则必定一事无成了。

更应注意的是：对丈夫如此，对儿子亦然。

儿子幼小的时候，当然处处需要母亲呵护，但当他到了十六七岁，个子也高了，声音也变了，偶尔穿上一件西装上衣，俨然是大人了。尽管事实上，他尚未真正成熟，和同学还是打打闹闹，零食摊上的不洁食品还是照样光顾，他还是喜欢和弟弟妹妹吵架，关心热门音乐演唱会的时间……但是，他毕竟长得比妈妈还高，甚至比爸爸都高了。在他心理上，他已觉得自己是个大人，而不希望别人再拿他当小孩子了。在父亲面前，他或许还不得不承认自己高大有余，而内涵不足。但在母亲面前，他却不再肯屈居被保护的地位。

对这个时期的儿子，做母亲的与其成天对他发号施令，谆谆晓以大义，不如先给他建立一份男性的优越感，使他觉得他已经是个男人（而不再是个"男孩子"）。他不但有责任使自己整洁优秀，而且有责任维护这个家庭；他不但有责任让自己身体强健，而且有责任保护家中妇孺。在这时候，母亲在表面上，有时不妨退居"妇孺"地位，遇事偶尔向他要主意（当然你事实上，还是保留最后决定之权）。家中"涉外"事件，让他帮他父亲跑跑。

为训练他的勇敢，你要装点怯懦。

为加重他的责任心，你遇事要慢点挺身而出。

为增强他的自信，你要多多向他咨询。

为鼓励他的求知欲，你不妨多找问题向他请教。

在朋友面前，你尤其要注意建立他的地位，不要忘记郑重地将朋友向他介绍。朋友们告辞时，你更要注意暗示朋友们，不要忽略他的存在。

外出时，尤其要给他机会负起他那保护者的责任。

闲谈时，更不妨逐渐让他了解家庭生计、产业状况、银钱往来等，让他有机会参加意见，襄助处理；让他知道，这是他的责任和权利。这样他会觉得自己在家中地位重要而优越，因此不得不格外注意修身与求知。

太能干的母亲往往诸事攘臂而先，无形中使儿子永远停留在弱小的被保护阶段。这种过错，轻则使儿子养成懦弱与不负责任的习性，重则影响他今后在社会上的成就与地位。

把优越感让给丈夫和儿子，而事实上，你掌握那无形的取决之权，安享被保护者的优惠，这并不是"无为"，而是"无不为"。能了解这分际，才是成功的女性。

相敬如友

罗　兰

一位小姐在谈话中听我谈起我的家庭生活，觉得很羡慕，说："如果婚后都能像你这么自由，我就不怕结婚了。"

　　说起来，我真算是很自由的。

　　我可以随时想上街就上街，想访友就访友，可以打个电话说声"我今天中午不回家吃饭了"，就不回家吃饭。可以随兴之所至，自己跑到山上去享有一个下着微雨的上午，也可以堂堂皇皇地去其他地方度个假。总而言之，我没有什么太大的牵绊。家庭的琐事可以推得开，丈夫也不限制我去做我要做的事，正如我不限制他一样。我们共有一个家，但除家之处，两人各有自己的另一天地，互不干扰。这当然是相当理想的一种生活，值得令人羡慕。

　　但是，话又说回来，我们可并不是从开始就如此互不干扰的。不但不是如此，而且比一般夫妇更难相处。由于两人个性都很强，受不了一点牵绊，但又不能很慷慨地任凭对方去为所欲为，所以不但痛感拘束难受，而且也不原谅对方想要自行其是的性格。总觉对方不能心甘情愿地迁就自己是因为爱情不够，又总觉自己受对方的约束是件很委屈的事。

　　所幸两人还都有足够的理智，认为既然结婚了，有了家庭，只好牺牲自己一点性格，迁就一下对方。所以一切按规矩做，该回家一定回家，非有必要，决不在外面吃饭。两人生活步调力求一致，包括起居的时间，家庭的布置和娱乐方式。例如：我曾发现，"看哪一部电影"常是我们争执的主题，结果我最后总是服从，不提任何意见。他不爱听音乐会，那就不听。他不喜欢郊游，那就不去。当然，这妥协与放弃也不仅是我单方面的。他也因为我不喜欢游泳而不勉强我陪他游泳，也因为我不喜欢跳舞而谢绝跳舞。

　　除娱乐之外，交友也互有让步，有些他的朋友是和我谈不来的，也有些我的朋友是和他谈不来的，为了避免麻烦，索性双方取得默契，找时间单独与这些朋友们来往。

　　孩子小的时候，他有他的一套育儿方针，既然他是一家之主，那么我一切听他主张。为了避免各行其是，也为了使家庭基础更为稳固，在孩子小的时候，我索性放弃了工作，前后 8 年之久，专心持家。

这种完全透过理智来适应对方的情形，现在常使我们两人觉得自豪而且庆幸。两人尽管个性都强，常因意见相左，而僵持不下，家中气氛十分紧张，几乎连离婚的念头都有。但彼此却都互有分寸，决不离家出走，决不废弛家事。薪水一定照常交给家里，甚至愈是争吵的时候，愈是不在外面吃饭。这种不走极端的自我约束，实在是很难做到的一件事。我们似乎都早已知道，如不是准备真的走向极端，那么最好是自己先站稳脚步，留下余地，不使事情闹得无法收拾。同时也是为了在对方心中建立信心，使彼此知道，无论发生什么问题，双方本身都有分寸，都不会过分，都把"家"放在第一位来考虑，决不会因为任何原因而胡作非为，影响到家庭或孩子，更不会因任何原因而影响到彼此真正的感情。

这样，经过多年的"奋斗"，由双方互不适应，到努力约束自己，到彼此在对方心中建立了良好的信誉，实在是一段相当艰苦的过程。维持感情的平衡，家庭才可稳固，但这平衡是最费苦心与耐心的事，两人都需准备足够的细心来随时调整不可避免的冲突与急躁，直到互相了解，互相信任，才算稳定下来，这时才是"自由"的开始。

由于双方互信彼此都有足够的理智及对家庭的责任感了，所以现在，两人可以恢复自由，找回当初的任性。想交什么朋友，想到什么地方去，想怎样安排自己的书房，想写信给谁，想安排何时去度假，想几点钟起床，几点钟睡觉，或索性半夜起来写东西，都可百分之百得到对方的谅解与支持。他不会为我喜欢独自撑着伞去兜雨以为我是在和谁怄气；我也不会为他经常不回家吃晚饭而怀疑他有什么不轨行为。现在两人偶尔谈谈自己的怪念头、奇想法，彼此也不会再以为对方不适合做个正常家庭的一员，于是，这充分的自由就成为令人羡慕的了。

古人说，夫妇应该相敬如宾，以维持彼此间的尊重，由互相尊重而维持感情的长久。我却觉得，相敬如宾未免太过疏远，不如"相敬如友"。

两个人多年相处下来，既不可能一直维持恋爱时的百依百顺，无条件服从；也不能听任双方熟不拘礼而变成疏慢无礼而天天彼此呼来喝去。最好的办法是把这种必须维持久远的感情之中加入几分友情。相处多年，本来也该成为朋友了。朋友之间，了解与关切的成分多，爱恋的成分淡，有了解则有宽容，有信任，有原谅，比单纯的爱情开朗得多，平易得多。家中由我们"朋友俩"共同主持家计，而又能够互不侵犯对方的私生活。有"家"作为基地，两人可以随自己的爱好与愿望去发展自己的所长，去过自己认为怡然自得的生活。这份特权的取得，说来轻易，但在我们却是经过了近20年时间的忍耐与耕耘。

当然，认真说来，世间又哪一件事是不需先付相当代价的呢？

我们的相爱是来自心灵的互通

林清玄

在非假日的时候，我常常偕同妻子在阳明山穿行。由于非假日，阳明山的人车不多，整片山就显得安静，静得让我们听得见风的谈论、花的含羞，或者虫鸟谈情的声音。

偶尔，我们会沿着大屯山的石阶，穿过密如围篱的箭竹林，登上大屯山的主峰。

站在山峰顶上，我们的视线高高越过了城市与树林，可以毫无界域地环顾四周。这时，不仅感觉视线没有阻挡，我们的心念与气息也都可以随着山岚雾气，飞过重重的山岳，飞往难以言说的所在。

当我们看向城市的方向时，我会对妻子说起，再伟大的人也只是立在小小大楼中的小小窗口。唯有站在极高极远的位置，才会看清，人与人间的界限是很渺小的，也许根本就没有界限。

然后，我们会站在大屯峰顶的木板平台，默默地俯望这个充满了言语道断的是非成败的都市。

就在我们站立于千峰山的时候，我们更深的感受了存有，一个人的存有，一个生命的存有、一段爱情的存有，都是值得欢喜赞叹的。当我们远离了言语与是非，我们的一切存在也就真实的显露了本来的价值。

我们可以把框框归还给窗口。

我们可以把是非归还给说是非的人。

我们可以把世俗的起伏成败全归还给城市。

我们是自由人。

我们的爱是自由，思想是自由，整个生命是自由的。

经历了这种自由和沉默之后，我和妻子手牵着手走下山。我们的牵手不只是相互扶持，而是感动着彼此心灵的相印。

在我们常常相偕登山的一段日子，正是外界对我们的爱情、婚姻议论最多的日子。许许多多的议论都是从世俗的观点出发，最重要而且未被触及的观点是：我们是如此相爱，我们的相爱是来自心灵的互通。

这个社会上太少心灵互通的爱情了，以致大部分人在看爱情时也不会从心灵出发，他们泛政治，泛社会，也泛道德。

但是，如果不能回归到心底，又有什么立足点能论断爱情呢？

我们可以用窗子与墙来隔开空间，我们也可以用手表与钟来隔开时间，但是，时间与空间只是概念不同，何曾有改变呢？同样的，情爱与心灵也不能被任何事物所阻隔，因为，一切都是没有界限的。

如果我们把时间都算好再来谈爱情，或者把条件都设定好再来谈爱情，或者满足了社会的观点再来谈爱情，这个世界上就不会有真爱了。

要追寻真爱的人必须有足够的勇气，犹如站在千仞之冈，有绝对自由的视界。

我们下山时，偶尔会走阳金公路，不久，就会穿过一条有界碑的公路，这时我的内心就会有一种感慨，这辽阔的世界呀！到处都站立着界碑，可是山、海、天空都是没有界限的；风、雪、道路也没有界限；爱心、自由也没有界限。

我们的生命旅途不能用任何一件事、一个观点来一分为二，这正如我们登大屯山，或者可以在角落里找到有趣的树木、美丽的花草，但是唯有看整座的大屯山，才能看见它的伟岸与优美。

在流逝的生命过往，每一段都联结着，每一个过程都有意义。而我们不断跨越生命的界碑，是渴望去触及那更伟岸、更优美的境界。

上一刻，我们可能幸福的流泪；下一刻，我们可能悲哀的哭泣。但，路总是不断的、河总是不停地向前穿行。

真爱只求一件事

潘向黎

时光飞逝，又一个世纪快要结束了。不知道为什么，我觉得20世纪人类在爱的艺术上没有长进，反而退步了；外部物质条件越来越好，自由度越来越大，可是，让人感动的真正的爱情却越来越稀少。年轻的一代似乎是爱情免疫者，早早就学会了世故权衡、理智算计，按时开始异性间的厮混游戏，却不能单纯地、纯粹地去爱。成年人也有问题，大家习惯于嘲笑真挚、强烈的感情，仿佛那是一种可耻的疾病，公开的冷漠、自私倒是入时的表现。

也许，初恋时我们不懂爱情，可是此后呢？该不该确定自己是否真的在爱？衡量的标准是什么？人怎么才确知自己是在恋爱而不是安慰寂寞、满足虚荣、消除生理苦闷或者其他？

有一本叫《渴望激情》的长篇小说相当畅销，在朋友的推荐下，我也买了一本。这本书使我印象最深的是这样一段对话，发生在女主人公和她的异国情人之间的一段对话。

"你能永远对我这么好吗?"她问。

"如果我能永远爱你。"他说。

"你能永远爱我吗?"她又问。

"如果我能永远活着。"

"你能永远活着么?"

"为了爱你,我能。"他说。

这是很动人的对话,同时也揭示了爱的某些本质。爱一旦发生,不会去想什么"不求天长地久,只要曾经拥有"之类的话,只会不管不顾地渴望"永远"、要求永恒。如果爱情强烈,就会使人对"永远爱你""永远活着"深信不疑,在深爱的人之间,没有可能的界限,只有付出、奉献的无限渴望。正如小说紧接着写到的那样,爱是"先为对方,为对方想,为对方做",而自己在这同时"感到幸福"。如果承认这一点,那等于说,不懂真爱的人,把自己放到第一位,能保证不受伤,但是和幸福无缘。

爱,是在付出中完成它自己的,你不能希望通过自私的途径实现它。现代人也许就是因为太爱自己了,所以自己成了爱情最大的障碍。他们到处寻找爱情,但是他们走到哪里,爱情就纷纷躲避,因为他们没有脱下自私的铠甲。

现代人已经把爱情弄得空前复杂、空前技术化了——先把爱和婚姻分开,又使爱和性脱离,不仅有无爱的婚姻、无婚姻的爱,还出现了无爱的性和无性的婚姻,最美好、纯粹的感情天地变得乌烟瘴气。具有讽刺意味的是,在感情危机日益增多的同时,指导如何去爱、如何取悦对方的文章和书大行于世。爱既不是一个抽象的命题,也不是一个机械的技术行为,它如何能在这种简单、片面甚至低级、庸俗的"技术指导"下顺利进行?如果能够,那些所谓"专家"的英名早就因解救人类的功勋而载入史册了。

其实爱情虽然是最困难的事,但又是最简单的。说困难是因为可遇而不可求，谁也无法急取，更无法控制，而且它因人而异，独一无二，不可重演，不可修复。说简单是因为，爱就是爱，不爱就是不爱，如果不爱，没有什么可以商量的，如果爱了，也没有必要商量，一切都是再自然不过的事。

哪有那么多的算计、犹豫，真爱只求一件事：要所爱的人紧紧握住自己的手，再不松开。

真爱一个人，不是因为他能带给你什么而爱他，而是因为爱他而准备接受他带来的一切；真爱一个人，就是不在乎别人对你是否赞美，只在乎他的肯定与怜惜；真爱一个人，就是不指望他让你能在人前夸耀，但一定要在最深的心底有这样的把握，即使全世界与你为敌，他也会站在你身边，他宁可背叛全世界，也不背叛你。

真爱只求一件事，就是彼此深深地、深深地爱着。除此之外，都与爱情无关。

怀想，让生命变得如此厚重

欣 儿

当冬日的凉意淹没孤寂的脚踝，内心深处猛然想起与温暖和爱意相关的一个词——相濡以沫。

我就想：谁以他温热的呵气，暖了谁冰凉的手指？又有谁用他若甘霖的泪水，去滋润恋人的红唇？

在静寥的冬夜，读到一则故事，说的是有一天陀山起了大火，许多鹦鹉一起汇集于陀山大火之中，原来这些鸟们是"入水濡羽，飞而洒之"，它们将身上的羽毛沾上水，然后把水洒向陀山，期望能熄灭这场大火。天神见了说："鹦鹉们呀，你们虽想救火，但这点微薄的水，有什么用呢？"鹦鹉们说："我们常年住在陀山之中，和陀山朝夕相伴，情深似海，怎忍心让陀山被火烧掉呢？烧光了树，我们住在什么地方呢？"天神很受感动，弹指间就灭了山火。这样一种"入水濡羽，飞而洒之"的鸟儿对山的情怀，是为人间大爱。

于是，谁能不甘愿成为陀山，有鹦鹉的相濡以沫呢？

在爱之中，相濡以沫是最重量级的一个词。有一个美丽的传说，令所有渴盼爱的眼睛湿润。在广阔无边的沙漠，一对鱼儿在仅存的一汪水中挣扎，眼看水就要被沙漠吸干，但见一条鱼口吐泡沫去滋润另一条鱼，以求让对方多活一秒钟。这是鱼儿们的爱情。

冬夜的灯光如河，我眼前有鱼游来有鸟飞来了，面对鹦鹉和鱼儿，面对满街轻飘的爱情歌曲，真的令人由衷地怀想金属质地的一个词，一个标志真正爱情的词，一个让生命变得厚重的词——相濡以沫。

有谁以他那甘霖般的泡沫，去滋养恋人即将枯萎的呼吸？

由诗而思

周树山

不要伤悲，我的爱人，让我吻干你脸上泪，我知道，即便用白天鹅的羽翎，也抚不平你心头的伤痕……

男儿膝下有黄金，不跪权贵，不跪美色，不跪财富，也不跪命运之神……让我跪在你的面前，深深忏悔，只因我曾让你风中悲哀地哭泣，而那咸咸的泪水，久久地、久久地浸泡着我的心！

我的心没有在咸涩的泪水中变硬发臭，没有！你的泪早已化作汹涌的海潮，一遍遍漫过我的躯体，漫过我的灵魂……

不要伤悲，我的爱人，你满头乌丝中有一根白发，让我为你拔掉它吧，这时间的无情箭矢，也会射中你吗？我的爱人！

夕阳又爬上了你的面庞，你那少女轻盈的脚步，走过杏花缤纷的村路，走过收割后的田野，踩着咔嚓咔嚓松脆的积雪……你走来，在你经过的路上，到处都是闪光的金屑，连同你自己也变成记忆的黄金……哦，我的爱人！

要把岁月的侮辱改造成/一曲音乐，一声细语和一个象征/要在死亡中看到梦境，在日落中/看到痛苦的黄金……

博尔赫斯说："这就是诗。"

噢，我的爱人！

这么快就到了秋霜砭人的季节，而灼伤你的，又何止是无情的岁月！尽管我没有博尔赫斯那样过人的才华，可是我力图做的，也是想把痛苦变成"一声细语"或者"一个象征"。

不要伤悲，我的爱人！岁月侮辱了你，侮辱了我，侮辱了我们……可是有什么关系呢？让我吻干你脸上的泪，用白天鹅的羽翎，收起路上的金屑。

你自己去创造爱情

黄秋耘

我不懂得爱情。我所经历的，我知道，不是一个充分的例子。但是，我也曾想过观察过我周围的幸福的姻缘是那么难得，我不能不相信，至少在此时此地，爱情将是一瓶痛苦的美酒，而不是一罐甜蜜的糖浆。

这还是人类的老脾气：给他一个乐园，他当时便迷失掉了；给他一个心，他就傲慢起来；给他一双手，他用以打人；一座花园，弄成满地泥泞；一个梦，变成梦魇；一个预言者，却把他打死；一个伴侣，他偏要以失恋和分离的悲剧来做收场。

苦酒是怎样酿成的呢？

有人说：爱是投降，爱是征服。这儿只有一个主人，一个奴隶，或者两个同时都是奴隶。这些违反天性的人们，只能把两个中间的一个摧残了，甚至两个都一齐摧残了，才能把他们勉强合在一起。可怜这两个牺牲者将永远被束缚在温柔的桎梏上，耕耘着没有收获的土地。

凭力量，凭思想，凭美丽的肉体，凭物质的诱惑而战胜了对方，使对方成为自己的俘虏，这不是把整个身心去爱，而只是把自己一部分表面去爱罢了。爱情将在心灵的咨啬病里死于窒息，剩下来的只有卑鄙的自私的占有欲望。

作为一个"配得上人的名称"的人，作为一个"不甘于灵魂的平庸"的人，决不肯做别人的奴隶，也不愿别人来做他的奴隶，不仅在物质方面如此，在精神方面亦复如此。如其一定要用"征服"或"投降"才能获得爱情，他宁愿一辈子孤独，是的，孤独一生也无妨。

谈恋爱，我很赞成。可是不能因此而屈辱了彼此的独立的人格和情操。独立的人格和情操本来是人类的美德，然而在那些非"征服"就要"投降"的人看来，却变成了累赘了。

又有人说，恋爱是盲目的事情。于是，由于一时的热情奔放，由于一方面的热烈追求，为了兽性的愚昧需要，为了孤独的恐慌，为了希求廉价的慰藉，他（她）安排一个异性在自己的身边，他们称这个为恋爱，为结婚，他们说他们的结合是命中注定的。

一见钟情，固然是好事！可惜他（她）所寻求到的只是一个幻影，一个躯壳。幻影消逝，躯壳萎缩，他（她）眼中看见的对方不过是一只雌鹅，一个市侩。结果是双重的懊悔和不满。为什么不能够"慎之于始"呢？

人与人之间的关系，不能像一件衣服，高兴的时候穿在身上，不高兴的时候就脱下来。就算是衣服吧，盲目地选择一件衣服，也未免是近于愚蠢的儿戏。

铁向吸铁石说："我最恨你，你吸引我，却又不够强烈得使我附着你。"

心不是苹果，不是可以随便分割的。人生再没有比爱情的三翻四覆更令人苦恼。但，人的情感是那么变幻无常，很少人能够把最初一次的恋爱作为最末一次的恋爱。恋爱免不了要失败，而正当恋爱热烈的时候，又谁都不会作失败的打算。惟其如此，当一朝发现爱人的不被爱、被爱的不爱人的时候，纵然这分离的意念起自一方，也不能不使双方都感受痛苦。

即使是爱而又被爱，却也迟早有彼此分离的一天。为贫穷，为辛酸的家累，为强迫的劳役，为争取光明而受着痛苦，两个互相热爱着的灵魂不能时常在一块儿生活、学习、工作，偏偏免不了死别生离，甚至连给他（她）在患难中的另一半灵魂以慰藉的机会也没有。

因此，就是最好的爱情之杯中也盛着苦酒。对于一般温柔而又怯弱的灵魂，最不幸的莫如尝到一次最大的幸福，当他尝到幸福的时候，就已经支付出失去它的代价了。

在这个使人感到窒息的世界里，崇高的爱情多半是痛苦的，但，只要有一双忠实的眼睛和我们一同哭泣的时候，那么我们的受苦毋宁是值得欣幸而毫无可悲伤的事情罢了。

最后，必须了解，失掉了爱情并不等于失去了一切。有一天，你会爱到你自己以外去，你会爱人而不求被爱，世人拒绝给你爱情，而你自己却创造爱情，好给予世人。你会愿意生活在大多数人的心中，而不愿意生活在一个人的怀抱里。那时，你就会真正懂得爱的意义，而你的伟大的人类爱也将会在人世间得到永生吧！

第五章　好朋友多了，自然就向上走了

让我做一块木柴吧，我愿意把我从太阳那里受到的热放散出来，我愿意把自己烧得粉身碎骨，给人间添一点点温暖。

　　　　　　　　　　　　　　　　　　　　　　——巴金

好朋友多了，自然就向上走了

梁漱溟

做人必须要时时调理自己，求心智清明，思想有条理。如果大家能照此去行，简直是一生受用不尽；如果不能够注意这话，就是自暴自弃，就是自己不要自己。

但在这调理自己的上面，有什么好办法呢？上次曾说过调理自己要自觉，要反省，时刻去发现自己的毛病，比如自己的毛病在于性子太急，或在于太乱太散懈，这都须自觉地去求医治。但是人每不易做到，不易自知其病，虽知病又不易去管理自家。古人云："智者不能自见其面，勇者不能自举其身。"这就是说人不易看清自己的面孔，或即使看清了又不易随时可以自主的调理自己。于是这时唯一的办法，就是"亲师取友"，此外别无他法。为什么呢？因为每人常会把自己忽忘了，如果不忽忘，就一切都无问题；无奈都易于忽忘，因此就得师友常常提醒你，使你不忽忘。

靠朋友之提醒以免于忽忘,这是一层;更进一层,就是靠朋友的好处,以融化感应自己的缺短而得其养,假定我的脾气是急躁的,与脾气和平者相处,可以改去急躁;我的精神不振,而得振作的朋友,我处于其中,也自然会于无形中振作起来。

所以如果我们有意去调理自己,则亲师取友,潜移默化,受其影响而得其养,是一个最好的办法。说得再广泛一些,如果要想调理自己,就得找一个好的环境。所谓好的环境,就是说朋友团体,求友要求有真志趣的朋友。好的朋友多,自然向上走了;如果在一块的人是不好的,那就很危险,不知不觉地就会日趋于下流。

再则,朋友彼此帮忙时所应注意的就是:以同情为根本,以了解为前提。我们对朋友如果是爱护他的,自然要留意他的毛病短处,而顶要紧的,还是要对于他的毛病短处,须有一种原谅的意思。我们指点他的毛病短处的时候,应当是出于一个好的感情,应当是一个领导他帮助他的意思,是要给他以调理,不是只给他一个刺激就算完了。自然,有时候一个严重的刺激,也是不可少。即是说有时候有给他一个痛责的必要,但大体上说,你不要只给他一个刺激就算完,必须得给他一种调治。如果爱惜他的意思不够,说话就不会发生效力。

逆境的时候不请自至的才是真实的朋友

马国亮

只有真实的光荣终能永久为人所称道,浅薄的虚饰,到底有图穷匕见之时。

如果你说,体面是为要使社会给你愉快。但,让我告诉你,如果为了你衣饰的寒酸而鄙视你的人,你便把这个友谊舍弃了吧。

如果为了你家里的简陋而不愿来的人,就让他永远不踏进你的门槛吧!

这种人，不消说是一些趋炎附势的人，不消说是一些不会拿真情和你交结的人，不消说是一些愚庸的眼光短少者，这种朋友于你是一些好处都没有的，我们并不需要这种人做朋友。

有人这样说过："顺境的时候邀他才来，逆境的时候不请自至的，才是真实的朋友。"

如果因为你穷，因为你没有华丽阔绰的体面，所以不肯和你交结，显然是，他不是你该结纳的朋友。

摒除虚饰的体面吧，如果你是个有智慧的人，你不该与愚庸的世俗同流合污。

让我们保持自我的尊严，不屈不挠，以直率坦白的朴素的精神为体面，而不以物质的虚饰为体面吧。

依靠你的所谓体面，你决得不到一个真正的朋友。

这些如同飞蛾一般的人群，看见了光便纷纷扑来了。

是的，大家以体面而交结，决不会有真实的情谊的。像戏台上的角色，互穿了辉煌的戏服而说的话，都是各不由衷的。回到后台，大家把虚饰的衣裳脱下，才有真情的话儿。

讲究体面，一方面是增加了虚伪的友谊，另一方面却失掉了你原有的真实的朋友。

它是真诚的最大仇敌。

时常记着，虚浮的体面是：于自己无真正的利益，却有实际的苦恼。

该明白：世间最不体面的事是极力讲究体面。

我若是灯，我就要用我的光明来照彻黑暗

巴 金

我的生命大概不会很长久吧。然而在短促的过去的回顾中却有一盏明灯，照彻了我的灵魂的黑暗，使我的生存有一点光彩。这盏灯就是友情。我应该感谢它，因为靠了它我才能够活到现在；而且把旧家庭给我留下的阴影扫除了的也正是它。

世间有不少的人为了家庭抛弃朋友，至少也会在家庭和朋友之间划一个界限，把家庭看得比朋友重过若干倍。这似乎是很自然的事情。我也曾亲眼看见一些人结婚以后就离开朋友，离开事业。

朋友是暂时的，家庭是永久的。在好些人的行为里我发现了这个信条。这个信条在我实在是不可理解的。对于我，要是没有朋友，我现在会变成怎样可怜的东西，我自己也不知道。

然而朋友们把我救了，他们给了我家庭所不能给的东西。他们的友爱，他们的帮助，他们的鼓励，几次把我从深渊的边沿救回来。他们对我表示了无限的慷慨。

我的生活曾经是悲苦的，黑暗的，然而朋友们把多量的同情、多量的爱、多量的欢乐、多量的眼泪分了给我，这些东西都是生存所必需的。这些不要报答的慷慨的施舍，使我的生活里也有了温暖，有了幸福。我默默地接受了它们。我并不曾说过一句感激的话，我也没有做过一件报答的行为，但是朋友们却不把自私的形容词加到我的身上。对于我，他们太慷慨了。

这一次我走了许多新地方，看见了许多新朋友。我的生活是忙碌的：忙着看，忙着听，忙着说，忙着走。但是我不曾遇到一点困难，朋友们给我准备好了一切，使我不会缺少什么。我每走到一个新地方，都会像回到我那个在上海被日本兵毁掉的旧居一样。

　　每一个朋友，不管他自己的生活是怎样苦，怎样简单，也要慷慨地分一些东西给我，虽然明知道我不能够报答他。有些朋友，连他们的名字我以前也不知道，他们却关心我的健康，处处打听我的"病况"，直到他们看见了我那被日光晒黑了的脸和膀子，他们才放心地微笑了。这种情形的确值得人掉眼泪。

　　有人相信我不写文章就不能够生活。这次旅行就给我证明：即使我不再写一个字，朋友们也不肯让我冻馁。世间还有许多慷慨的人，他们并不把自己个人和家庭看得异常重要，超过一切。靠了他们我才能够活到现在，而且靠了他们我还要活下去。

　　朋友们给我的东西是太多，太多了。我将怎样报答他们呢？但是我知道他们是不需要报答的。

　　最近我在法国哲学家居友的书里读到了这样的话："生命的一个条件就是消费……世间有一种不能跟生存分开的慷慨，要是没有了它，我们就会死，就会从内部干枯。我们必须开花。道德，无私心就是人生的花。"

　　在我的眼前开放着这么多的人生的花朵了。我的生命要到什么时候才会开花？难道我已经是"内部干枯"了吗？

　　一个朋友说过："我若是灯，我就要用我的光明来照彻黑暗。"

　　我不配做一盏明灯，那么就让我做一块木柴吧。我愿意把我从太阳那里受到的热放散出来，我愿意把自己烧得粉身碎骨给人间添一点点温暖。

朋友之间，要紧的是相知

梁漱溟

　　朋友相信到什么程度，关系的深浅便到什么程度。不做朋友则已，做了朋友，就得彼此负责。交情到什么程度，就负责到什么程度。朋友不终，是很大的憾事，如同父子之间、兄弟之间、夫妇之间处不好是一样的缺憾。交朋友时,要从彼此心性认识,做到深刻透达的地方才行。若相信的程度不到,不要关系太密切了。

朋友之道,在中国从来是一听到朋友便说"信"字。但普通之所谓信,多半是"言而有信"的意思,就是要有信用。这样讲法固不错,但照我的经验,我觉得与朋友往还,另有很重要的一点,这一点也是信,但讲法却不同,不是信实的意思,而是说朋友与朋友间要信得及,信得过所谓知己的朋友,就是彼此信得及的朋友。我了解他的为人,了解他的智慧与情感,了解他的心性与脾气。清楚了这人之后,心里便有把握,知道他到家。朋友之间,要紧的是相知。相知者彼此都有了解之谓也。片面的关系不是朋友,必须是两面的关系,才能发生好的感情。因为没有好的感情便不能相知。彼此有感情,有了解,才是朋友。既成朋友,则无论在空间上隔多远,在时间上隔多么久,可是我准知道他不致背离。此方可谓之为信。

有的只是一个光明的希望

巴　金

我从前说我只有在梦中得到安宁,这句话并不对。真正使我的心安宁的还是醉。进到了醉的世界,一切个人的打算,生活里的矛盾和烦忧都消失了,消失在众人的"事业"里。这个"事业"变成了一个具体的东西,或者就像一块吸铁石把许多颗心都紧紧吸到它身边去。在这时候个人的感情完全融化在众人的感情里面,甚至轮到个人去牺牲自己的时候他也不会觉得孤独。他所看见的只是群体的生存,而不是个人的灭亡。

将个人的感情消融在大众的感情里,将个人的苦乐联系在群体的苦乐上,这就是我的所谓"醉"。自然这所谓群体的范围有大有小,但"事业"则是一个。

我至今还记得我第一次的沉醉。那已经是十七八年前的事了,然而在我的脑子里还是十分鲜明。那时我是个孩子,参加一个团体的集会。我从来没有像那样地感动过,谈笑、友谊、热诚、信任……从不曾表现得这么美丽。我曾经借了第三者的口吻叙述我当时的心情:这次十几个青年的茶会简直是一个友爱的家庭的聚会。但这个家庭里的人并不是因血统关系、家产关系而联系在一起的;结合他们的是同一的好心和同一的理想。在这个环境里他只感到心与心的接触,都是赤诚的心,完全脱离了利害关系的束缚。他觉得在这里他不是一个陌生的人,孤独的人。他爱着周围的人,也为他周围的人所爱;他了解他们,他们也了解他;他信任他们,他们也信任他;……

第一次的沉醉以后又继之以第二次、第三次……这醉给了我勇气,给了我希望,使我一个幼稚的孩子可以站起来向旧礼教挑战,使我坚决地相信光明,信任未来。不仅是我,我们那个时代的青年都是这样成长的,而且我相信每个时代的青年都会在这种沉醉中饮到鼓舞的琼浆。

时间是匆匆而过,醉的次数也渐渐地多起来,每一次的沉醉都在我的心上留下一点痕迹。有一两次我也走过那黑门,我的手还在门上停了一下。但是我们并没有机会得到那痛快的壮烈的最后。这是事实。一个人沉醉的时候,他会去干一些勇敢的事情,至少他会有这样的渴望。我们那时也就处在这样的境地。南国的芳香沁入我们的心灵,火把给我们照亮黑暗的窄巷。一堵墙、一扇门关不住我们的心,一个广场容纳不了我们的热情。或者一二十个孩子聚在一个小房间里,大家拥挤地坐在地上;或者四五个人走着泥泞的乡间道路。静夜里,石板路上响着我们的脚步声;在温暖的白昼,清脆的笑语又充满了古庙。没有寂寞,没有苦闷,没有悲哀,有的只是一个光明的希望。每个人的胸膛里都有着同样的一颗心。

这是无上的"沉醉",这是莫大的"狂喜",它使我们每个人都消失在完全的忘我里面。所以我们也曾夸大地立下誓言:要用我们的血来灌溉人类的幸福,用我们的死来使人类繁荣,要把我们的生命联系在人类的生命上面。人类生命的连续广延永远不会中断,没有一种阻力可以毁坏它。我们所看见的只有人类的繁昌,并没有个人的死亡。

我不能否认我们的狂妄,但是我应该承认我们的真挚。我们中间也有少数人实践了他们的诺言,剩下的多数却让严肃的工作销蚀他们的生命。拿起笔的只有我一个,我不甘心就看着我的精力被一些方块字消磨干净,所以我责备自己是一个弱者。但是这个意思也很明显:这里并没有悲观,也没有绝望。若有人因此说我"在黑暗中哭泣",那是他自己看错了文章。我们从没有过哭泣的时候,那不是我们的事情,甚至跟一个亲密的朋友死别,我们也只有暗暗地吞几滴眼泪。我们自然不能否认黑暗的存在。然而即使在黑暗的夜里,我们也看见在远方闪耀的未来的光明,那是"醉"给我们带来的。

诚伪是品性,却又是态度

朱自清

诚伪是品性,却又是态度。从前论人的诚伪,大概就品性而言。诚实,诚笃,至诚,都是君子之德,不诚便是诈伪的小人。品性一半是生成,一半是教养;品性的表现出于自然,是整个儿的为人。说一个人是诚实的君子或诈伪的小人,是就他的行迹总算账。君子大概总是君子,小人大概总是小人。虽然说气质可以变化,盖了棺才能论定人,那只是些特例。不过一个社会里,这种定型的君子和小人并不太多,一般常人都浮沉在这两界之间。所谓浮沉,是说这些人自己不能把握住自己,不免有诈伪的时候。这也是出于自然。还有一层,这些人对人对事有时候自觉的加减他们的诚意,去适应那局势。这就是态度。态度不一定反映出品性来,一个诚实的朋友到了不得已的时候,也会撒个谎什么的;态度出于必要,出于处世的或社交的必要,常人是免不了这种必要的。这是"世故人情"的一个项目。有时可以原谅,有时甚至可以容许。态度的变化多，在现代多变的社会里也许更会使人感兴趣些。我们嘴里常说的、笔下常写的"诚恳""诚意"和"虚伪"等词，大概都是就态度说的。

诚实的品性确是不可多得，但人孰无过，不论哪方面，完人或圣贤总是很少的。我们恐怕只能宽大些，卑之无甚高论，从态度上着眼。不然无谓的烦恼和纠纷就太多了。至于天真纯洁，似乎只是儿童的本分——老气横秋的儿童实在不顺眼。可是一个人若总是那么天真纯洁下去，他自己也许还没有什么，给别人的麻烦就太多。有人赞美"童心""孩子气"，那也只限于无关大体的小节目，取其可以调剂调剂平板的氛围。若是重要关头也如此，那时天真恐怕只是任性，纯洁恐怕只是无知罢了。幸而不诚恳、无诚意、虚伪等已经成了口头禅，一般人只是跟着大家信口说着，至多皱皱眉，冷笑笑，表示无可奈何的样子就过去了。自然也短不了认真的，那却苦了自己，甚至于苦了别人。年轻人容易认真，容易不满意，他们的不满意往往是社会改革的动力。可是他们也得留心，若是在诚伪的分别上认真得过了分，也许会成为虚无主义者。

人为自己活着，也为别人活着。在不伤害自己身份的条件下顾全别人的情感，都得算是诚恳，有诚意。这样宽大的看法也许可以使一些人活得更有兴趣些。西方有句话，"人生是做戏"。做戏也无妨，只要有心往好里做就成。客气等一定有人觉得是做戏，可是只要为了大家好，这种戏也值得做的。另一方面，诚恳、诚意也未必不是戏。现在人常说，"我很诚恳地告诉你""我是很有诚意的"，自己标榜自己的诚恳、诚意，大有卖瓜的说瓜甜的神气，诚实的君子大概不会如此。不过一般人也已习惯自然，知道这只是为了增加诚意的分量，强调自己的态度，跟买卖人的吆喝到底不是一回事儿。常人到底是常人，得跟着局势斟酌加减他们的诚意，变化他们的态度，这就不免沾上了些戏味。还有句话，"诚实是最好的政策"，"诚实"也只是态度，这似乎也是一句戏词儿。

有了最深的珍重与祝福，就进入了道的境界

林清玄

我喜欢茶道里关于"一生一会"的说法。

意思是说，我们每次与朋友对坐喝茶，都应该生起很深的珍惜，因为一生里能这样的喝茶可能只有一回，一旦过了，就再也不可得了。

一生只有这一次聚会，一生只有这一次相会，使我们在喝茶的时候，会沉入一种疼惜与深刻，不至于错失那最美好的因缘。

生命虽然无常，但并不至于太短暂，与好朋友也可能会常常对坐喝茶，但是每一次的喝茶都是仅有的一次，每一回相会都和过去、未来的任何一次不同。

"有时，人的一生只为了某一个特别的相会。"这是我喜欢写了送给朋友的句子。

与喜欢的人相会，总是这样短暂，可是为了这短暂的相会，我们已经走过人生的漫漫长途，遭受过数不清的雪雨风霜，好不容易，熬到在这样的寒夜里，和知心的朋友深情相会。仔细的思索起来，从前那走过的路途，不都是为了这短短的数小时作准备吗？

这深情的一会，是从前四十年的总成。

这相会的一笑，是从前一切喜乐悲辛的大草原开出的最美的花。

这至深的无言，是从前有意义或无意义的语言之河累积成的一朵洁白的波浪。

我眼前的一杯茶，请品尝，因为天地化育的茶树，就是为这一杯而孕生的呀！

我常常在和好朋友喝茶的时候，心里就有了无边的想象，然后我总是试图把朋友的脸容一一的收入我记忆的宝盒，希望把他们的言语、眼神、微笑

全部典藏起来，生怕在曲终人散之后，再也不会有相同的一会。

"一生一会"的说法是有点凄幽的，然而在凄幽中有深沉的美，使我们对每一杯茶、每一个朋友，都愿意美与爱相抚托、相赠予、相珍惜。

不只喝茶是"一生一会"的事，在广大的时空中、在不可思议的因缘里，与有缘的人相会面，都是一生一会的。如果有了最深刻的珍惜，纵使会者必离，当门相送，也可以稍减遗憾了。

因此，茶道的"一生一会"说的不只是相会之难，而是说，若有了最深的珍重与祝福，就进入了道的境界。

感谢近视

刘贤冰

从学校分到单位，进入一个完全陌生的环境，几乎所有的人我都不认识，一段时间感到十分孤单。但这种情形马上有了改观，因为我发现单位里的人似乎都很热情。每天上班下班，在厂区的马路上来来去去，竟有不少人跟我打招呼，走近一看，又都是些陌生的面孔。

人家和我微笑，我自然也报以微笑；人家跟我点头，我也忙不迭地颔首。一来二去，认识了不少人，交了不少朋友。然而我一直不明白：我不过一介书生，人家何以要主动和我交好？但不管怎样，我都对能得到这份意外的温情而心怀感激。

几年后，在和一位朋友闲谈时才得知个中原因。他也是我初来时认识的。他说："你第一次看见我时，老远就盯着我看，我以为你是在和我打招呼，我当然要跟你点头啦！"我这才想起，刚刚毕业时，一来为告别学生生活，二来反正这里也没我的熟人，便摘掉戴了多年的眼镜。所以，走路时看人就特别费事，对人家"多看一眼"的时候肯定多的是，顺便可能还带了点表情，而这个样子就像在跟对方打"招呼"。在一般情况下，如果没有兴趣说点什么的话,即使是熟人,即使近在咫尺,脸上都是没有任何表情的。

原来是这样。我忽然明白,我们要得到友好和温情,其实并不需要付出很多。你只要对人家"多看一眼",就能得到真诚的微笑。这是一件多么好的事情!

好人缘是事业的常青树

王鼎钧

我跟某公司董事长做了多年邻居。当他的公司财源茂盛的时候,他的汽车碾压了别家小鸡。他的狼犬自由散步,对着邻家小孩露出可怕的白牙。他修房子把建材堆在邻家门口。坦白说,他在邻居中没有什么人缘。

后来,他的公司因资金周转不灵而歇业,我们经常在巷道中相遇,我步行,他也步行。他的脸上有笑容了,他的下巴收起来了,他的狼犬拴上链子,他也经常摸一摸邻家孩子的头顶。可是,坦白说,他仍然没有什么人缘。

一天,偶然跟他闲谈,谈到人间恩怨,我随口说:"人在失意时候得罪了人,可以在得意的时候弥补;在得意的时候得罪了人,却不能在失意的时候弥补。"言者无心,听者有意,他若有所悟。

他暂时停止改善公共关系,专心改善公司的业务。终于,公司又"生意兴隆通四海",他又有汽车可坐,不过他的座车从此不再喇叭叫门,并且在雨天减速慢行,小心防止车轮把积水溅到行人身上。他的下巴仍然收起来,仍然有时伸手摸一摸邻家孩子的头顶。后来,他搬家了,邻居们依依不舍送到公路边上,用非常真诚的声音对他喊:"再见!"

无私的情谊

罗　兰

蕙友：这几天天气真好。白天，太阳金晃晃的，晚上就剩下那匀净的似蓝如灰的缎子般的天宇。都市的夜本来就亮，再加上月色，就更织出那缀珠镶钻般的闪烁。

我下了班，在走出发音室的时候，就又禁不住想，你会不会在外面那长椅上坐着等我呢？会不会接到你的电话呢？但我立刻就省悟，你怎么会在这里呢？你已经走了！已经到了那隔着好多的海洋、陆地和岛屿的棕色的地方了。

于是，我又一次尝到了怅惘的滋味。

在烛光前和你话别时，在机场为你送行时，我都很爽朗。是我鼓励你去的，所以我不能流露一丝惆怅。但事实上，自我知道你将远行后，对这份友情的留恋，就总是在无意之中突然袭来。我知道，友情是何等难得。培养一份友情，真如培养一颗珍珠。不但要有那份巧遇（包括时间上的与心灵上的），而且要双方都有那些耐性去陪护。我的朋友本来不多，何况年龄与阅历也使我越来越趋向孤独，而不易再去结交新友。你走后，我就确确实实是少掉了一个可以谈心的友伴。那种失落的感觉，也是别人所不易了解的。

我只是不愿使你知道我的那份怅惘，而徒增你的离愁罢了。

和你在一起，常令我觉得无比的安心与愉快。你的聪明善良与温顺，以及那并不因温顺而趋于妥协或安于现状的内在的坚强，就正是我喜欢的那种典型。而你的安详简短的谈话，总是那么深获我心。所以，当我空闲时，我总是希望你来。其实，就连我忙碌时，你来了，我也乐于暂时推开工作。你常以你护士的职业习惯来责我太刻苦自己，说我工作太多，不懂得休息。经常不是催我打针，就是催我多睡。其实，打针和睡眠并不是我真正需要的。我需要的就是一种真正的轻松，一种推开工作、冲破孤独、投向友情的心情上的安逸，而你就正能把这些自自然然地赐予我。你来了，我就不做事，就不想事，就可以像个"人"似的安心地坐下来，聊聊天，喝喝咖啡，吃点零食。

你常说受我的影响很多。你说，这次远行也是受了我的影响。我总是这样的，平常一直喜欢劝人找机会到远方走走，去看看广大的世界，无论你去的地方是否艰苦，你的生命总会远较以前充实。既然我们降生在这地球上，我们总该在有生之年，认识认识这个滋生养育我们的世界吧？

于是，你就真的走了！高高兴兴的，虽然也闪着眼泪，但那决不是恋恋不舍或怯懦的眼泪，那只是因友情亲情而感动的眼泪。你看，还未离开机场，你已经就和平时不同了。你已经比一般人更了解去那边的航线，路上所将经过地方的概况，各处不同的气候。当你说那边和上海在同一个纬度上时，我忽然觉得你已经开始站在较高的位置在看世界了；当你坐在飞机上时，你一定会更加了解，地球只是个一昼夜即可旋转一周的星体，它上面的陆地、海洋与山川都可相通，而且在基本上相连。当初你在自己家园里觉得广大而重要的，现在会开始变为渺小而轻微。你可还会重视这里某些人与人间的纠葛？某些金钱的盈亏？某些事务的纠缠？你可还以为我们和非洲真是那么遥远？你可还以为肤色的不同真是人们永恒不可超越的界限？以前三家村时代，村与村间都可能老死不相往来，现在想想，国与国之间都如此靠近，星与星之间都将在瞬息之间可以到达。你当欣慰，我们和陌生的国度之间，有这值得存续的互助与亲善。

所以我说，人们应该出去走走，广开眼界，见见世面。不只是为个人的事业，就全人类来说，大家也更该向青天碧海学学豁达，去掉偏私、孤陋与浅见。

让我为你祝福，也让我分享你展翅高飞的快慰，更让我期待你以后一封比一封更练达、更深沉的来信。我虽为眼前少了一位好友而惆怅，但我知道，在并不遥远的另一块陆地上，有我的好友在那里采撷生命中更鲜丽的花与果，并会随时托青鸟越过几片水、几朵云、几簇岛屿，将那些花果寄一些来，让我分享生命的另一种丰硕，并让我相信，我们确有更广义、更无私的情谊，在这需要互助与互爱的人间。

友情，这棵树上只有一个果子，叫做信任

毕淑敏

现代人的友谊，很坚固又很脆弱。它是人间的宝藏，需我们珍爱。

友谊的不可传递性，决定了它是一部孤本的书。我们可以和不同的人有不同的友谊，但我们不会和同一个人有不同的友谊：友谊是一条越掘越深的巷道，没有回头路可以走的，刻骨铭心的友谊也如仇恨一样，没齿难忘。

友情这棵树上只结一个果子，叫做信任。红苹果只留给灌溉果树的人品尝。别的人摘下来尝一口，很可能酸倒了牙。

友谊之链不可继承，不可转让，不可贴上封条保存起来而不腐烂，不可冷冻在冰箱里永远新鲜。

友谊需要滋养。有的人用钱，有的人用汗，还有的人用血。友谊是很贪婪的，绝不会满足于餐风饮露。友谊是最简朴同时也是最奢侈的营养，需要用时间去灌溉。友谊必须述说，友谊必须倾听，友谊必须交谈的时刻双目凝视，友谊必须倾听的时分全神贯注。友谊有的时候是那样脆弱，一句不经意的言辞，就会使大厦顷刻倒塌。友谊有的时候是那样容易变质，一个未经证实的传言，就会让整盆牛奶变酸。

这个世界日新月异。在什么都是越现代越好的年代里，唯有友谊，人们保持着古老的准则。朋友就像文物，越老越珍贵。

友情的树枝

刘　佳

友情更像一棵树,只要你细心,它就可以枝繁叶茂。但这是棵树,有些枝要好好地保护,而有些枝条却要果断地修剪掉,树才能顺利生长。

有一枝叫敏感。它总是放肆地生长着,烦扰着我对朋友的心情。我曾经过于注重朋友对自己的态度,而不关心原因。我总认为友情应是专一的,最好的朋友只有一个,也要求朋友对我也同样专一,永远充满热情。无论何时我需要帮助,甚至半夜把朋友从梦里拉起来聊天,她(他)也应毫无怨言。我不允许被朋友冷落,即使高朋满座,也不能把我遗忘……后来,在失去了许多朋友之后,我才明白,友情是默默地关怀。每个人都在为生活奔忙着,只要彼此知道牵挂着对方,有了困难便无条件的帮忙,最少我知道有可诉苦的去处,这就足够了,何必对友情刻薄呢? 于是,我果断地砍掉这枝树杈。

有一枝叫抱怨。即使是再要好的朋友也不能忍受对他(她)的抱怨。友情是美好的,但不完美,就像世间的事物一样,朋友之间也难免会有误解或矛盾。每个人都有性格,也许你不会当面指责朋友的错误,但若是到另一个朋友那里去说闲话,那就更糟了,因为你失去的将不只是一个人的友谊。我毫不犹豫地砍下这一枝树杈。

面前又有一枝叫自视聪明。如果你有才华和自视有才华,而且觉得自己很聪明又雄心勃勃,或事业小成,就可以趾高气扬地在朋友面前炫耀,并自恃内行而压制别人的思想,那是非常错误的。因为朋友之间是平等的,当你失败的时候,正是他们来安慰你、鼓励你,每个朋友都见过你的落魄和奋斗全过程,并为你的成功而高兴,如今你的狂妄会让人感到那么虚假和忘恩负义。骄傲会变成对友情的轻视,当你认为友谊不那么重要时,它便会悄悄远离。赶快剪掉这枝树杈。

还有一枝名叫嫉妒。这是人性中的一块阴影。有时，面对朋友的成功我心中除了喜悦之外还多少有些失落的酸涩，这是危险的，迟早友谊会出现裂纹。其实一个人的幸福，与朋友共同分享就成为大家的幸福；个人的痛苦分成几份承担，也就不成其为痛苦了。砍掉这枝树杈吧，别犹豫。

精心修剪之后，我发现友情这棵树只剩下真诚、关怀、信任，它快乐地伸展着枝条，旺盛地生长成一片葱郁。此时，我发现树的顶端有一只饱满而红艳的友情果实正高挂着，等我来采摘。

人生快乐，大半建筑在人与人的关系上

朱光潜

人生的快乐有一大半要建筑在人与人的关系上面。只要人与人的关系调处得好，生活没有不快乐的。许多人感觉生活苦恼，原因大半在没有把人与人的关系调处适宜。这人与人的关系在我国称为"人伦"。在人伦中先儒指出五个最重要的，就是君臣、父子、夫妇、兄弟、朋友。这五伦之中，父子、夫妇、兄弟起于家庭，君臣和朋友起于国家社会。先儒谈伦理修养，大半在五伦上做工夫，以为五伦上面如果无亏缺，个人修养固然到了极境，家庭和国家社会也就自然稳固了。五伦之中，朋友一伦的地位很特别，它不像其他四伦都有法律的基础，它起于自由的结合，没有法律的力量维系它或是限定它，它的唯一的基础是友爱与信义。但是它的重要性并不因此减少。如果我们把人与人中间的好感称为友谊，则无论是君臣、父子、夫妇或是兄弟之中，都绝对不能没有友谊。就字源说，在中西文里"友"字都含有"爱"的意义。无爱不成友，无爱也不成君臣、父子、夫妇或兄弟。换句话说，无论哪一伦，都非有朋友的要素不可，朋友是一切人伦的基础。懂得处友，就懂得处人；懂得处人，就懂得做人。一个人在处友方面如果有亏缺，他的生活不但不能是快乐的，而且也决不能是善的。

谁都知道,有真正的好朋友是人生一件乐事。人是社会的动物,生来就有同情心,生来也就需要同情心。读一篇好诗文,看一片好风景,没有一个人在身旁可以告诉他说"这儿真好呀!"心里就觉得美中有不足。遇到一件大喜事,没有人和你同喜,你的欢喜就要减少七八分;遇到一件大灾难,没有人和你同悲,你的悲痛就增加七八分。孤零零的一个人不能唱歌,不能说笑话,不能打球,不能跳舞,不能闹架拌嘴,总之,什么开心的事也不能做。世界最酷毒的刑罚要算幽禁和充军,逼得你和你所常接近的人们分开,让你尝无亲无友那种孤寂的风味。人必须接近人,你如果不信,请你闭关独居十天半个月,再走到十字街头在人丛中挤一挤,你心里会感到说不出来的快慰,仿佛过了一次大瘾,虽然街上那些行人在平时没有一个让你瞧得上眼。

人是一种怪物,自己是一个人,却要显得瞧不起人,要孤高自赏,要闭门谢客,要把心里所想的看成神妙不可言说,"不可与俗人道",其实隐意识里面唯恐人不注意自己,不知道自己,不赞赏自己。世间最守秘密的人往往也是最不能守秘密的人。他们对你说:"我告诉你,你却不要告诉人。"他不能不告诉你,却忘记你也不能不告诉他人。这所谓"不能"实在出于天性中一种极大的压迫力。人需要朋友,如同人需要泄露秘密,都由于天性中一种压迫力在驱遣。它是一种精神上的饥渴,不满足就可以威胁到生命的健全。

谁也都知道,朋友对于性格形成的影响非常重大。一个人的好坏,朋友熏染的力量要居大半。既看重一个人把他当做真心朋友,他就变成一种受崇拜的英雄,他的一言一笑、一举一动都在有意无意之间变成自己的模范,他的性格就逐渐有几分变成自己的性格。同时,他也变成自己的裁判者,自己的一言一笑、一举一动都要顾到他的赞许或非难。一个人可以蔑视一切人的毁誉,却不能不求见谅于知己。每个人身旁有一个"圈子",这圈子就是他所尝亲近的人围成的,他跳来跳去,跳不出这圈子。在某一种圈子就成为某一种人。圣贤有道,盗亦有道。隔着圈子相视,尧可非桀,桀亦可非尧,究竟谁是谁非,责任往往不在个人而在他所在的圈子。古人说:"与善人交,如入芝兰之室,久而不闻其香；与恶人交，如入鲍鱼之肆，久而不闻其臭。"久闻之后，香可以变成寻常，臭也可以变成寻常，习而安之，就不觉其为香为臭。一个人应该谨慎择友，择他所在的圈子，道理就在此。人是善于模仿的，模仿品的好坏，全看模型的好坏。有如素丝，染于青则青，染于黄则黄。"告诉我谁是你的朋友，我就知道你是怎样的一种人。"这句谚语确是经验之谈。《学记》论教育，一则曰"七年视论学取友"，再则曰"相观而善之谓摩"。从孔孟以来，中国士林向奉尊师敬友为立身治学的要道，这都是深有见于朋友的影响重大。师弟向不列于五伦，实包括于朋友一伦里面，师与友是不能分开的。

许叔重说文解字谓"同志为友"。就大体说，交友的原则是"同声相应，同气相求"。但是绝对相同在理论与事实都是不可能。"人心不同，各如其面"。这不同亦正有它的作用。朋友的乐趣在相同中容易见出；朋友的益处却往往在相异处才能得到。古人尝拿"如切如磋，如琢如磨"来比喻朋友的交互影响。这比喻实在是很恰当。玉石有瑕疵棱角，用一种器具来切磋琢磨它，它才能圆融光润，才能"成器"。人的性格也难免有瑕疵棱角，如私心、成见、骄矜、暴躁、愚昧、顽恶之类，要多受切磋琢磨，才能洗刷净尽，达到玉润珠圆的境界。朋友便是切磋琢磨的利器，与自己愈不同，摩擦愈多，切磋琢磨的影响也就愈大。这影响在学问思想方面最容易见出。一个人多和异己的朋友讨论，会逐渐发现自己的学说不圆满处，对方的学说有可取处，逼得不得不作进一层的思考，这样地对于学问才能鞭辟入里。在朋友互相切磋中，一方面被"磨"，一方面也在受滋养。一个人被"磨"的方面愈多，吸收外来的滋养也就愈丰富。孔子论益友，所以特重直谅多闻。一个不能有净友的人永远是愚而好自用，在道德学问上都不会有很大的成就。

交友是一件寻常事，人人都有朋友；交友却也不是一件易事，很少人有真正的朋友。势利之交固容易破裂，就是道义之交也有时不免闹意气之争。王安石与司马光、苏轼、程颢诸人在政治和学术上的倾轧便是好例。

他们个个都是好人，彼此互有相当的友谊，而结果闹成和市侩人一般的翻云覆雨。交友之难，从此可见。从前人谈交友的话说得很多。例如"朋友有信""久而敬之""君子之交淡如水"，视朋友须如自己，要急难相助，须知护友之短，像孔子不假盖于悭吝的朋友，要劝着规过，但"不可则止，无自辱焉"。这些话都是说起来颇容易，做起来颇难。许多人都懂得这些道理，但是很少人真正会和人做朋友。

孔子常劝人"无友不如己者"，这话使我很彷徨不安。你不如我，我不和你做朋友，要我和你做朋友，就要你胜似我，这样我才能得益。但是这算盘我会打你也就会打，如果你也这么说，你我之间不就没有做朋友的可能么？我从前研究美学上的欣赏与创造问题，得到一个和常识不相同的结论，就是：欣赏与创造根本难分，每人所欣赏的世界就是每人所创造的世界，就是他自己的情趣和性格的返照；你在世界中能"取"多少，就看你在你的性灵中能提出多少"予"它，物我之中有一种生命的交流，深入所见于物者深，浅入所见于物者浅。现在我思索这比较实际的交友问题，觉得它与欣赏艺术自然的道理颇可暗合默契。你自己是什么样的人，就会得到什么样的朋友。人类心灵常交感迥流。你拿一分真心待人，人也就会拿一分真心待你，你所"取"如何，就看你所"予"如何。"爱人者人恒爱之，敬人者人恒敬之"。人不爱你敬你，就显得你自己有亏缺。你不必责人，先须返求诸己。不但在情感方面如此，在性格方面也都是如此。友必同心，所谓"同心"是指性灵同在一个水准上。如果你我在性灵上有高低，我高就须感化你，把你提高到同样水准；你高也是如此，否则友谊就难成立。朋友往往是测量自己的一种最精确的尺度，你自己如果不是一个好朋友，就决不能希望得到一个好朋友。要是好朋友，自己须先是一个好人。说来说去，"同声相应，同气相求"那句老话还是真的，何以交友的道理在此，如何交友的方法也在此。交友和一般行为一样，我们应该常牢记在心的是"责己宜严，待人宜宽"。

第六章　悠闲的生活需要恬静的内心

依照我的经验，只有在无事时泡的茶最甘美，也唯有无事时喝的茶最有味，无事的人去除了生命的焦渴，像秋天的潭水那样澄明、幽静、清澈无污染，明白没有挂碍。

"无事不是小言哉"，无事只是伟大的事。

——林清玄

娱乐至少与工作有同等的价值

冰　心

我所要写的，是我们大家太缺少娱乐了。无精打采的娱乐，绝不能使人生润泽，事业进步。娱乐至少与工作有同等的价值，或者说娱乐是工作之一部分！

当然的，中国人要有中国人的娱乐，我们有五千多年的故事、传说和历史。从新年说起罢，新年之后，有元宵，这千千万万的繁灯，作树下廊前的点缀，何等灿烂？舞龙灯更是小孩子最热狂最活泼的游戏。三月三是古人修禊节，也便是我们绝好的野餐时期，流觞曲水，不但仿古人余韵，而且有趣。清明扫墓，虽不焚化纸钱，也可训练小孩子一种恭肃静默的对先人的敬礼；假如清明植树能名实相符，每人每年在祖墓旁边，种一棵小树，不到十年，我们中国也到处有了葱蔚的山林。五月五日是特别为小孩子的节期，花花绿绿的香囊，五色丝，大家打扮小孩子，一年中只是这几天，觉得街头巷尾的小孩子，加倍喜欢！这天又是龙舟节，出去泛舟，或是两个学校间的竞渡，也是极好的日子。七月七，是女儿节，只这名字已有无限的温柔，凉夜风静，秋星灿然，庭中陈设着小几瓜果，遍延女伴，轻悄谈笑，仰看双星缓缓渡桥。小孩子满握着煮熟的蚕豆，大家互赠，小手相握，谓之"结缘"，这两字又何其美妙？我每以为"缘"之意想，十分精微，"缘"之一字，十分难译，有天意有人情，有死生流转，有地久天长。

八月十五中秋节，满月的银光之下，说着蟾蜍玉兔的故事，何其清切？九月九重阳节，古人登高的日子，我们正好有远足旅行、游览名胜。国庆日不必说，尤须庆祝一下子。

往下不必细说了，翻开古书看一看，如帝京景物志之类，还可找出许多有意思可纪念的娱乐的日子来。我觉得中国的节期，都比人家的清雅，每一节期都附以温柔、高洁的故事，惊才绝艳的诗歌，甚至于集会时的食品用器，如五月五的龙舟、七月七的蚕豆、八月十五的月饼，以及各节日说不尽的一切，……我们是一点也不必创造。召集小孩子，故事现成，食品现成，玩具现成，要编制歌曲，供小孩的戏唱，也有数不尽的古诗、古文、古词为蓝本，古人供给我们这许多美好的材料，叫我们有最高尚的娱乐，如我们仍不知道领略享受，真是太对不起了！

消遣就是娱乐

朱光潜

消遣就是娱乐，无可消遣当然就是苦闷。世间喜欢消遣的人，无论他们的嗜好如何不同，都有一个共同点，就是他们必都是强旺的生活力。

强旺的生活力，用在运动可以健身，用在艺术可以怡情养性，用在吃喝嫖赌就是劳民伤财，为非作歹。"浪子回头是个宝"，也就是这个道理。所以消遣看来虽似末节，却与民族性格国家风纪都有密切关系。一个民族兴盛时有一种消遣方式，颓废时又另有一种消遣方式。古希腊罗马在强盛时，人民都喜欢运动、看戏、参加乐会，到颓废时才有些骄奢淫逸的玩意儿如看人兽斗之类。我国古代民间娱乐活动本极多，如音乐、跳舞、驰马、试剑、打猎、钓鱼、斗鸡、走狗等都含有艺术意味与运动意味。后来士大夫阶级偏嗜琴棋书画，虽则高雅，已微嫌侧重艺术，带有几分"颓废"色彩。近来"民族形式"的消遣似只有打麻将、坐茶馆、吃馆子等几种。对于这些玩意儿不感兴趣的人们除着做苦工之外，就只有索然枯坐，不能在生活中领略到一点乐趣。我经过几个大学和中学，看见大部分教员和学生终年没有一点消遣，大家都喊着苦闷，可是大家都不肯出点力把生活略加改善，提倡一些高级趣味的娱乐来排遣闲散时光。

其实这事并不能看轻。孔子谈修养，"居于仁"之后即继以"游于艺"，这足见东西哲人都把消遣娱乐看得很重。梁任公先生有一文讲说消遣，可惜原文不在手边，记得大意是反对消遣浪费时光。他大约有见于近来我国一般消遣方式趣味太低级。但是我们不能因噎废食。精力必须发泄。不发泄于有益身心的运动和艺术，便须发泄于有害身心的打牌、抽烟、喝酒。我们要禁绝有害身心的消遣方式。比如水势须决堤泛滥，你不愿它决诸东方，就必须让它决诸西方，这是有心政治与教育的人们所应趁早注意设法的。要复兴民族，固然有许多大事要做，可是改善民众消遣娱乐，也未见得就是小事。

悠闲的生活需要恬静的内心

林语堂

在大体上说来，中国的浪漫主义者都有锐敏的感觉和爱好漂泊的天性，虽然在物质生活上很穷苦，但情感却很丰富。他们对人生具有深切的爱好，所以甘愿谢官弃爵，不欲心为形役。在中国，消闲并不是富者，而是一种高尚自负的心情的产物，这种高尚自负的心情很像那种流浪者的尊严的西方观念，这种流浪者骄傲到不愿去请求人，自立到不愿去工作，聪明到不愿把世事看得太认真。这种高尚自负的心情是由一种超脱俗世的意识产生出来，而且和这种意识无可避免地联系着的；这种心情是由那种看穿人生的野心、愚蠢和名利的诱惑的见识产生出来的。那个看人格比事业的成就更来得重，看灵魂比名利更来得重的高尚自负的学者，大家都承认他是中国文学上最崇高的理想。他必然是一个生活极为简朴，而且轻视俗世的功名的人。

这一类的大文豪——陶渊明、苏东坡、白居易、袁中郎、袁子才——都曾度过短期的官场生活，政绩优良，但后来都为了厌恶常常要做磕头迎送的勾当，因而甘心丢官弃爵，回家去度退隐的生活。袁中郎做苏州县令的时候，一连上了七封申请书给他的上司，表示不喜欢这种磕头的勾当，要求辞去官职，以便回家去过自由而随便的生活。

另一位诗人白玉蟾，题他的书斋曰赞不绝口：

丹经慵读，道不在书；

藏教慵览，道之皮肤。

至道之要，贵乎清虚，

何谓清虚？终日如愚。

有诗慵吟，句外肠枯；

有琴慵弹，弦外韵孤；

有酒慵饮，醉外江湖；

有棋慵奕，意外干戈；

慵观溪山，内有画图；

慵对风月，内有蓬壶；

慵陪世事，内有田庐；

慵问寒暑，内有神都。

松枯石烂，我常如如。

谓之慵庵，不亦可乎？

所以这种悠闲的生活始终需要一个恬静的内心，乐天旷达的观念和尽情欣赏大自然的胸怀。诗人和学者往往替自己起了一些古怪的别号，如江湖客（杜甫）、东坡居士（苏东坡）、烟湖散人、襟霞阁老人，等等。

不，享受悠闲的生活决不需要金钱。有钱的阶级不会真正领略悠闲生活的乐趣，只有那些鄙视财富的人们才懂得怎样领略悠闲生活的乐趣。他必须有丰富的心灵，爱好简朴的生活，对于生产赚钱的事不大起劲。如果一个人决心享受人生，人生尽够他的享受。如果人们不能领略我们这个尘世生活的乐趣，那就是因为他们没有深爱人生，而使生活变得平凡，刻板而无聊。有人说老子嫉恶人生，那是大错；我以为老子之所以鄙弃俗世的生活，乃是因为他太爱人生，不愿使生活退化而成"仅为生活而生活"的事情。

有爱必有妒。一个深爱人生的人，对于他自己所有的一些快乐的悠闲时刻，一定会非常爱惜。同时，他又须保持流浪汉所特有的尊严和傲慢。他的钓鱼的时间一定和他的办公时间一样神圣不可侵犯。他对人家在高尔夫球总会向他谈论股票市况，一定会像科学家在实验室里受人骚扰那样地不耐烦。他一定常常数着再过几天春天便要消逝了，为了不曾多作几次漫游，心中感到悲哀而懊丧，像一个商人懊恼今天少卖出货物一样。

领着自己回家

张爱玲

镜子里出现一张脸，生气勃勃，热情洋溢，还带着些傻气。是我。又不是。最后认定：是丢了很久的那个"自己"。

"自己"是什么？

我们一度习惯了听口令的生活齐步走，一二一。

那时的"自己"很见不得阳光的，要么藏起来，要么扔得远远的。

口令一解除，这个世界变得越来越热闹，越来越精彩，越来越充满诱惑。

在这个充满诱惑的世界上，有时"自己"是付钱时钱包里的一枚最小的硬币，不小心被带了出来，啪地落在地上，大家该忙什么忙什么，理都懒得理它；有时"自己"又成为一枚筹码，权衡再三，然后以相应的价钱出卖给人家。

某一天清晨，如果由一位社会学家来清扫街道和丢掉的垃圾一样多的是"自己"。

"自己"究竟是什么？

是受伤时抚平伤口的一只手。

是内心深处常常发问的一种声音。

是彼此相知又总被忽略的一位朋友。

是没有任何伪装也不设防的另一个"我"。

是我们的灵魂。在一起的时候，我们有时会讨厌"他"的多嘴多舌，一旦丢失或丢弃了却很难找回来。

下班铃在响，我就一直留了下来。

一位同事开玩笑：有约会吧？

我恍然大悟。不错，我有约会，与"自己"。

不再只看墙上的舞蹈，偶尔也听风，听雨，最经常的是读上一个章节的书，或随便写点儿什么。

蓦然回首，散落在角落的碎片已悄悄聚拢在我身边，乖乖地守着我。

天已经黑下来，该回家了。我知道。

锁门，下楼，骑车，还要拐趟菜市场。

但我不知道如何安置"自己"。

不远处有我的家，那是我栖息的地方，我的灵魂却无法居住。我的亲人都住在那儿，我不知适合灵魂居住的家在哪儿，我要去找。总有一天我会对"自己"说：跟我走吧，我们回家。

寂静和沉思的价值

林语堂

人们很少知道寂静和沉思的价值，这是可怪的。在你经过了一天劳苦工作之后，在你和许多人见面、和许多人谈话之后，在你的朋友们向你说无意义的笑话之后，在你的哥哥姐姐想规劝你的行为、使你可以上天堂之后，在这一切使你郁然不快之后，躺在床上的艺术不但可以给你身体上的休息，而且可以给你完全的舒畅。我承认躺在床上有这一些功效，可是其功效尚不止此。躺在床上的艺术如果有适当的培养，应该有清净心灵的功效。许多商业中人每以事业繁忙自豪；一天到晚东奔西跑，席不暇暖，案上三架电话机拨个不停。殊不知他们若肯每天清晨一点钟或七点钟醒在床上静躺一小时，牟利一定可以加倍。就是躺到上午八点钟才起来，那又何妨？如果他放了一盒上等香烟在床边的小桌上，花了充足的时间离床起身，在刷牙之前把当天的一切问题全都计划一下，那可就更好了。在床上，当他穿了睡衣，舒服地伸直着腰或盘身而卧着，不受那可恶的羊毛内衣，或讨厌的腰带或吊带、令人窒息的衣领和笨重的皮鞋所束缚时，当他的脚趾自由开放了，恢复它们白天失掉了的自由时，在这个时候，有真正商业头脑的人便能够思想了，因为一个人只有在脚趾自由的时候，头脑才能够获得自由，只有在头脑自由的时候，才能够有真正的思想。这样，他在那种舒服的位置之中，可以追思昨天做事之成绩及错误，同时拣定今日工作之要点。他与其准时在上午九点钟或八点三刻到办公处，像奴隶管理人那样监督他的下属人员，而"无事忙"起来，还不如胸有成竹地到上午十点钟才上办公处。

至于思想家、发明家和理想家，在床上静躺一小时的效力尤其宏大。文人以这种姿势来想他的文章或小说的材料，比他一天到晚坐在书台边所得的更多。因为他在床上不受电话、善意的访客和日常的琐事所打扰，他好似由一片玻璃或一幅珠帘看见人生，现实的世界好似罩着一个诗的幻想的光轮，透露着一种魔术般的美。在床上，他所看见的不是人生的皮毛，人生变成一幅更真实的图画，像倪云林或米芾的伟大绘画一样。

爱　好

张秀亚

一个人生活着，有所爱、有所好，才能使生活趣味化、生动化、优美化。

爱好一种东西，或一种工作，可以使你的生活中充满了情趣。

真的，我们活着一日，就应使心灵有所寄托，有所爱好。如一篇有名的小说中的那个老园丁安诸，天天用树枝编他的"天鹅"；如一个珊瑚女，每日聚精会神地琢磨着她那晶莹的珊瑚珠；如一个白发的老学者，每天在他心爱的古籍中找寻乐趣；如一个画家，每天在涂抹挥洒中，发现生命的意蕴。因那份爱好而产生的"执着"中，实有着它无限的美与趣味在。

我常常听到一些年轻人诉说生活苦闷、烦恼。他们中有些人常到电影院或迪斯科中去消磨空闲时间，但当银幕上出现了"完"的字样、迪斯科夜阑人散，是不是心头会有加倍的寂寞之感呢？人生原不可避免寂寞，也无法避免忧闷。消解寂寞、忧闷的方法，不须外求，因为外面的任何事物都无法使你忘却人生的寂寞忧苦。为什么不静静地坐下来，到你的心灵深处去寻找那株美丽的忘忧草呢？

打开琴盖，奏一支曲子。掀开书页，读几篇好文章。拿起笔，写一首小诗，或随意写下你心中要说的话。打开颜色盒，把你窗前的一枝新绿描画下来。望着远方一线天光，唱一支古老的歌。在屋后的一片空地上，撒上几颗籽粒……

你的工作，可以是你的爱好，你不妨在工作之外，更有所爱好，那你便会是世界上最幸福的人了。

我常常羡慕巷口那个老鞋匠，当他工作的时候，伴着那小钉锤的叮叮响声，他常常温习着他自己听来的戏词，他爱他的工作，他的工作成了他的爱好，尽管他收入菲薄。

我更赞美过那个到附近小店送酱油的小伙计，他一边从自行车上卸下他那些酱油瓶，一边唱着他的乡土小调，他从他单调工作中找到了趣味。

我称颂那一头白发的老人，每天风雨无阻地推着他的小车儿，送他邻家的一个小孩到幼稚园去。他爱孩子，他那车轮所经，便碾出了一道爱的路途。

人生几十年，虽然不算太长，但却并不算短，智慧的造物主给你的这一段时间，恰好可供你利用。只要自己乐意去培植，每个人的生命树上可以开出最可爱的花，结出最甘美的果子。如果你快乐地去迎接每个日子，生活便散发出一种香味来，像新开的花和香草一样——这便是你的成功。自然界的一切都庆贺你，你也很有理由来祝福自己。

但你如何才能"快乐地"去迎接每个日子呢？那便是你能够将你的心灵寄托在一种事物上、一个工作上，从它们，你获得了生命的保证，知道了生命的定义，明白你在这世界上不是空空地白走一趟，你的心中乃感到无限的快乐。

幽默着，是美丽的

王英琦

幽默是一种人生的觉悟。面对宇宙大全，世界万象，人意识到了自身的局限，幽默即是人对自身生存环境局限的超越活动。

幽默是一种人生的态度。虽说幽默这东西多点少点既不碍吃也不碍穿更不碍活着（似乎整个儿一奢侈品），但有了它，你大抵便与社会与人群相处得更融洽更滋润。你会适时地调整自己的生态平衡，化解矛盾，缓和敌意，安然度过一个个人生难关。

幽默是一种人生的境界。以大气和超逸为精神基础的幽默，是生命体验的高格调，它能超越人生的失落感、苦难感以及可悲的急功近利。它以追求浪漫的人生理想和真正意义上的自我价值为人生准则，从而实现自己的终极追求。

幽默更是一种人生的大智大勇。它相信地球永远只朝好的方向转，人性的潜能是"正无限"的。幽默者——真正的革命乐观主义者。

幽默是一种风度，一种优雅，一种大家气概，一种绅士做派，一种灵魂修炼，一种自我美育，一种文化品格，一种高层次的人生况味。

幽默不是滑稽。滑稽是挠人脚心挠人胳肢窝，是对任何事物都不负责，只为开玩笑而开玩笑，缺乏丰富而内在的精神品质。

幽默也不是讽刺。讽刺是对客观事物的揭露与批判，是一种全然的否定。幽默则是在不构成情感伤害的基础上，对客观事物的弱点或可笑之处给以最大的包容和理解。

学会幽默

王　蒙

我喜欢幽默。

我希望多一点幽默，少一点气急败坏，少一点偏执极端。

从容才能幽默。平等待人才能幽默。超脱才能幽默。游刃有余才能幽默。聪明透彻才能幽默。

就是说，浮躁难以幽默。装腔作势难以幽默。钻牛角尖难以幽默。捉襟见肘难以幽默。迟钝拙笨难以幽默。

就是说，我希望多一点幽默，并不是仅仅为了一笑。希望多一点笑容，少一点你死我活。

我更希望多一点清明的理性，少一点斗狠使气。多一点雍容大度，少一点斤斤计较。多一点趣味和轻松，少一点亡命习气。

也多一点语言的丰富、美感，乃至于游戏，少一点千篇一律、倒胃口和干巴巴。

错误让我如此美丽

林　鸣

我有两位性格迥异的挚友。

一个没完没了地惹祸，被众人讥为"三分钟一个主意"。少年时骑自行车去内蒙古探险，险些叫狼叼了去；曾上过战场，枪炮一响，吓尿了裤子。面对不断的打击和挫折，他每回都能踉跄着爬起来。一连串磕头绊腿的生活经历倒像勋章，挂在他相当自信的胸前。奇怪，这盏并不省油的灯，不仅事业小成，在人群中还是个受欢迎的人物。

另一位则乖得很。从幼儿园、小学到工作单位一直担任领导职务，每天洗脸，不讲脏话，从不擅自去运河游泳，上课不说话，开会不打盹，家中收藏最多的就是他历年所得的镜框奖状，现为公认的副局级好人。然而副局级好人也有其苦恼，一次听他吐了句真言："一生像一张白纸，没感觉，没劲！"由于他的婚是遵父母之命，现在儿子都上街打酱油了，可他连一次"我爱你"也没对老婆说过。上回两口子吵架，这位仁兄按捺不住，平生头回口中带出个脏字儿。事后，他怪新鲜地悄悄介绍体会："嘿，别说，骂人真的挺痛快！"

错误也分上中下三等，笨蛋级的错误，每日里人人在犯。唯独悟性极强的高手，才有资格犯下高层次的错误。这种错误的发生，则意味着创新的又一抹曙光。

错过了犯错误的年龄，也是错误。读过一篇感人至深的文章，一位得知自己不久于人世的老者写道："如果我可以从头活一次，我要尝试更多的错误，我不会再事事追求完美。"

然而，我们仍在一厢情愿地制造着完美。为了少出错儿，智者热衷在人间设置条条框框，然后再将大家的鞋带系在上面，那叫一颗健康的心如何奔跑？日前欣赏到一奇文，四言诗体裁，好像叫什么新时代儿童道德准则。整整齐齐一大张，一条条地将做人的高风亮节啰嗦个遍，满篇旧时《女儿经》的滥腔调。最后，谆谆教导孩子们应该条条做到。暂且不论新时代有无培养呆头圣人的必要，只斗胆问一句作者：小的时候，您没惹妈生气？现在您老恁大岁数，究竟落实几条几款？

活着是美丽的，工作着是美丽的，必要时，犯错误亦不失为一种美丽。正如一辈子不离开地面，自然能避开溺水的危险；但只有经历呛水和疲惫，才能领略另类生活的风采和快乐。

面对得到

曹明华

谁说过的？在你得到什么的同时，你其实也在失去。

得到。我们的得到总也是具体的，有形的，有限的。比如友情，你得到的其实是许多种之一，而在想象中、在得到前才是无限的，才拥有无限多的可能。

尽可能丰富的人生，也只是人生的一种，你无疑是失去了关于单调人生的那份体验。长年累月就只有那么稀少的几位朋友，闭门静守的习惯，每每黄昏独自漫步的滋味，又将是怎样的呢？

当我们呱呱落地什么都不拥有时，我们是无限的，我们面对无穷多的可能。当这个小生命穿上了第一件兜肚的刹那，就决定了他第一次只穿它而不是穿任何其他的，就失去了第一次"其他"的机会，就破坏了他的第一次无限感。

在青春期前，关于"爱"的可能也是无限的。

每天每天，我们都在失去。为了不失去，我们延续决断的时间。

无限感对我们说——

你可以是……

你可以是……

你可以是……

我们以踌躇不决来守住我们的无限感，可是时间不放过我们。生命在催促我们，甚至可以向我们收回！连踌躇不决的权利都最后失去。

当我们已完完全全踏入了成人的行列，做小孩子时所拥有的万般选择的可能的感觉当然也最后失去了。

为什么追求时的心境不同于得到后的心情？为什么会"不过尔尔"？

——当一个渴望达到之际，那份无限感也随之结束了。

从"你可以是"的也许，到"你就是"的肯定，从也许到肯定直到一种具体的有限的可触摸的肯定，我们所拥有的空间就这样大大缩小……

是啊，你说你要举行的是一个豪华的婚礼，那么我说你至少失去了另一种机会——在荒凉的沙漠、发际上只能插一束芹菜的婚礼！你又诡谲地眨下眼说，假如，我两次都拥有呢？那更简单了，我都不用说，你失去的是只和一个人白头偕老的情感。

人总在失去。

明天，就是我的生日了。二十五岁，在我生命的历程里是一个重要的时刻。

好在我懂得了，一个人只能选择一种生活。"很可能丰富的人生也只是一种人生"……骚动不安的心就此宁静下来。我终于屈服于生命的局限，在这一屈服面前，我感到前所未有的充实；当我满心倔强、不甘愿承认这件事实时，我空虚，面对茫茫然可供选择的世界不知所措，对得到的一切都不满意！因为每一次得到都在加重我的失落感……而现在，独自坐在这儿，眼前是一汪碧绿的池水，望着对岸那棵尖尖的宝塔松，我出奇地安静了。

不要祈求太多

他 他

每个人都有失望和不满的时候，不是你的希望没有实现，就是他的欲望没有满足。每当这时，我们不是怨天尤人，便是破罐子破摔，却很少会坐下来，仔细地想一想，我们为什么一定要有不满和失望？

活着，我们不要祈求太多。

我们来到这世上时，本来就是赤条条的，一无所有，是上苍赋予了我们生命、亲友以及思想和财物等，上苍待我们何厚，使我们拥有了这么多，又占据了这么多。可是，我们却从来也没有满足过，依然在祈求着上苍为我们降下更多的甘霖。

然而，生活不可能也不会按照我们的需求来十足地供应我们，于是，我们便失望了，我们便不满了。

世界对于每一个活生生的人来说，都是公平无二的，有耕耘才会有收获，有奋斗才有成功，有付出才有得到。你想花一分的代价，去换回十分的成果，那是永远也不可能的。

所以，我们永远都不应该祈求这世界平白无故地就给我们太多。

生命在于奋斗，人生在于积累。不要祈求太多，只有一点点就已经足够了。每天一点点，每月一点点，每年一点点，几年下来，我们就已经得到了很多很多，那么，一辈子下来，我们不就已经变成了一个拥有整个世界的大富翁！

不要祈求太多，太多了，生命就会显得过于沉重，你也就会感到你的人生因缺少遗憾而懒于去追求；不要祈求太多，太多了，人生就会显得过于臃肿，你就会感到你所拥有的一切都是负累，因无法带得动而终生不能轻松。

任何奢望都是不应该有的，天上不会掉馅饼，地上也不会长钞票。实实在在地做事，实实在在地做人，实实在在地对待每一时日，你才会拥有一份实实在在的成功。

如何是好

宋　庄

如何是好？

有时想，有钱最好。有钱能使鬼推磨，假如不让鬼去推磨，可以去吃、去穿、去玩……尽情地施舍，随意地挥霍。

有时想，没钱也好。没钱不怕丢失财宝，不怕遭偷被抢，不做非分之想，也招不来灾祸。没钱就穷则思变，在一张白纸上画最新最美的图画。

有时想，当官最好。学而优则仕，不做官枉费十年寒窗苦，当官可以让人敬畏，可以发号施令，让自己的意志变成别人的行为，让自己成为世界，至少是一个单位的中心。

有时想，为民也好。无官一身轻，肩上没担子，心中没责任，不为他人操心，也不被人家议论，没有仰慕，也没有嫉妒。

有时想，进城最好。楼上楼下，电灯电话，灯红酒绿，看不尽的繁华，人也多，车也多，施展才华的机会就多。

有时想，乡下也好。隐于青山绿水之间，两亩地两斗牛，老婆孩子热炕头，与自然为伴，心旷神怡，其乐悠悠。

有时想，宿醉最好。一醉解千愁，忘却人间烦恼，敢哭敢笑，敢说敢骂，只有酒后是神仙。

有时想，清醒更好。明明白白我的心，清清爽爽看世界，酒醒则耳清目明，周身轻松。

官也好，民也好，穷也好，富也好，城也好，乡也好，醉也好，醒也好……如何是好？想开最好！

烦恼的根源

林燕妮

人类的烦恼根源，不是做人，而是"我想变成什么"。

自会说话开始，便有大人问："你长大后希望做什么啊？"

从那一刻起，小小孩子便以为人必须要成为另一种东西。

再加上自小学起，作文题目必定有："我的志愿"——

我要做医生，我要做律师，我要做护士，我要做工程师……

一出生的训练，并非自自然然地做个人，而是做另一种有目标的生物。

踏进社会后，人与人之间的比较更多了，成为医生的，想做最好的医生；成为商人的，要赚比别人更多的钱；连本来养性怡情摇摇笔杆的，都心里紧张焦躁，为什么某某比我出名？为什么某某的书销量比我好？

不禁叹句：人啊人，你到底还想变成什么呢？

老虎只做老虎，猪只做猪，鸟儿只做鸟儿，所有的生物都在做自己，只有人类不做自己。

想成为什么而成为不了，便烦恼失望。

原始人大概不会失眠，原始嘛！

狼也不会忧心，更不会想及好坏，天天问自己："我是只好狼还是坏狼？"

人类怎么看狼，老虎怎么看狼，它才不理呢！动物吃饱了肚子便悠然自得，想睡便睡去。

人几时才会做人？

用宽容的态度对待人生

张洁风

人有时是很冷酷的。也许有人认为，我们应该只告诉人们关于人间光明的一面，才可以使大家多乐观些，勇敢些。但是我发现，既然有黑暗面存在，而假如我们不去提到它，不去正视它，假装没有它，那么一旦我们必须面临黑暗的时候，岂不是会格外地失望困惑，而不知怎样去面对它吗？

我愿意给青年朋友们一点心理上的准备：不要希望人类是完美无缺的，不要希望每一个人都是不自私的，是仁慈的，是肯舍己为人的。不要这样希望！

你必须承认，人人都有点自私，人的善意是有限度的，许多时候，仁爱是有条件的，而人与人的好感时常是需要彼此在利益上着眼的。

我认为，我们这样承认并没有什么不好，而有这些承认之后，我们才可以对人间多存几分希望，少受一点失望的打击。

当我们承认人人都有点自私时，我们自然就知道不要无缘无故地侵犯别人的利益，来保持彼此间的友谊了。

当我们承认人们的仁慈是有限度的时候，我们就不至于毫无道理地希望我们的朋友是个圣人，而不留余地去伤害人家了。

当我们承认了这些之后，我们才有资格和别人交朋友，才不会成为不知趣的人物，才不致因为得寸进尺伤了朋友的感情，才不致因为我们贪求太多使朋友穷于应付而把以前所付给你的善意收回，把友情也一笔勾销了。

说人间冷酷的青年朋友，停止你的抱怨，想办法坚强起来，使自己有力量生存下去，而且有力量生存得够好，那才是有出息！

假如你为某事感到难过，那么唯一能做到的事，就是由你自己发出光和热，使人间减少一分冷酷，增加一分温暖。假如人人停止抱怨，而由自己本身去发光发热，这人间就温暖得多了！

不要怨恨别人，也不要为别人不了解你而难过。要承认，别人总是别人，你是你，先把希望别人对你好和对你了解的心情收拾起来，试着去对别人好和了解别人。那时，你会发现，这世界比以前可爱得多。

不要对人类失望。我们生来就是这样子，有好处，也有缺点；有可爱的地方，也有令人失望的地方。能承认这些，我们才可以用宽容的态度来对待人生。对人生苛求的人是不会快乐的。

学会宽容

苑　云

人们常会做出不合情理或对不住我们的事，我们也应该像那尊永远微笑的乐山大佛一样，笑一笑就过去了，不要过分计较在意。

让人不是怕人，而是一种风度和境界。

宽容能使人性情和蔼，使心灵有转折退让的余地，能化干戈为玉帛，能简化复杂的人际关系。

过分精明等于不超脱。事事好强，处处计较得失活得必然紧张、沉重。

宽容不是软弱，而是理解人，有爱心的表现。

有旷达心胸的人，不把宽容看成是忍辱负重，而是看成美德和幸福。

爱，对众人的爱，对民族的爱，对国家的爱，是人类最美好的情操，修养的最高境界。古训说："仁者无敌。"

有位企业家，发现身边一位助手拿了她两千元钱，她不是马上发怒指责，而是温和地询问："是不是妈妈要过生日了？家里最近经济情况怎么样？有没有什么困难？"因为这位助手平时表现很好。最后她自己拿出三千元钱，叫助手寄回家去。那位助手感动得热泪盈眶，主动拿出了那不该拿的钱，后来一直对她忠心不二，做出了很多贡献。

心泉叮咚

粒　砂

人人心中都有一汪清泉，洗濯着你的灵魂，滋润着你的生命。只是因了日常的琐碎、生活的纷杂，才掩蔽了她的环佩妙音，朦胧了她的清碧透明。

夜阑人静，天籁无声。每逢这个时刻，你才能卸下沉重的面具，拆去心园的栅栏，真实地审视自己，在生命的深处，你终于倾听到一丝悠然的脆鸣。这是一首真善美的诗吗？像甘霖，像春风，柔慢而隽永。

月隐星现，露重风轻。每逢这个时候，你才能正视裸露的良知，走出世俗的樊篱，在灵魂的高处，你终于感念到一波恬然的律动。这是一支真善美的歌啊！像皓月，像秋阳，淡泊而宁静。

朔风逆旅的你，每当回望身后的坎坷与泥泞，一道又一道，一程又一程，你的心泉便豁然翻涌……终于了悟：生活不相信眼泪，失败也并不意味着扼杀成功。世上没什么永恒的侥幸让你永远地沾沾自喜，世上又有什么永恒的不幸让你永久地痛不欲生？

生命的辉煌，拒绝的不是平凡，而是平庸！所以，春风得意时多些缅想，只要别背叛美丽的初衷；窘迫失意时多些憧憬，只要别虚构不醒的苦梦！

用心泉熄灭如火的嫉妒，用心泉冲尽如尘的虚荣，生命才会获得无限的轻松。絮絮低语的心泉明白地告诉你：人心并不是你想象的那样险恶丛生，生活也不像你渲染的那般黯淡沉重！

远离卑劣的倾轧，躲开世俗的纷争，走近叮咚的心泉，倾听心泉叮咚——

重温一抹美丽的心情；

抚慰一颗疲惫的心灵；

回首一段苍凉的人生。

柔韧人生

李含冰

辽河滩里长着一种白柳，我很喜欢。

晨风中，一丛丛白柳长舒舞袖，摇动身姿，尽情地轻歌曼舞。也许是辽河水滋润的缘故，白柳条的性格极柔顺，修长的枝条可以做出各种图案：弯成一个圆儿，像十五的月亮；打成一个弯儿，又像女孩好看的细眉……因为白柳条宁弯不折，所以常有人用它编织出各种精美的工艺品。剥去外皮，剩下枝干，光滑泽白，任由抚弄。有多少天工之意，诗情画意，都可以糅入枝条一展神奇。

柔韧，让白柳条的生命增值。

人生何不如此？

当你面对挫折和失意时，应该柔韧一下自己，让生命展示一幅崭新的图案。于是，便有了一个全新的自我。

宁折不弯，不失为一种豪迈气概，但有许多时候"折"得不当，放弃一次就意味着永远地失去。

宁弯不折，不是无所作为的懦弱，而是一种审时度势的明智之举，一种力的积蓄；不是屈膝胆怯，而是一种新的追求，一种科学的选择。宁弯不折，是一道亮丽的风景，为岁月增添了动人的色彩。

有时退让可以更好地向前。

水是柔韧的，可以九曲十八弯，却能汇入大海；小草是柔韧的，任风摇动，却可以铺展成万里大草原。高山巨岩伟岸雄壮，需要有潺潺流水的滋润；雷鸣暴雨能洗涤大地，也有丝丝细雨润物。只有坚硬，没有柔韧，生活的画面就不能完整。坚硬有时让我们失去了不该失去的东西，柔韧有时却让我们得到了意想不到的东西。

柔韧和坚硬是书写人生的两支笔，交错着写下人生的欢笑与泪滴。柔韧和坚硬共同搭成一架阶梯，只有踏着这架阶梯，才有可能把我们承托到追求的高处……

崇尚简单

陈大明

我们这些涉世未深的青年，总是把简单的事情看得很复杂，把复杂的事情看得很简单。而科学家则一直在致力以最简单的方式来表达复杂的宇宙。事实上，宇宙还是那么复杂地存在，我们当中的绝大多数人，还是那么简单地活着。

刚走向社会，我们总是觉得世界很复杂，包括人际关系、事业路径等。这样想着想着，心就复杂得理不出个头绪，找不出个方向。其实，这时不妨让心从纷繁复杂中走出来，步入简单。

人类的历程已被历史演习了几千年，几多悲欢离合的家庭故事，几多缠绵悱恻的爱情之歌，以及几多刀光剑影的厮杀拼打，总是在大同小异地重复着，像大海的潮汐，永不停息地拍打着海岸线，潮来潮往，日出日落，仿佛成了人生某种象征性的安排。

我们常常把前路想象成荆棘丛生，我们常常猜测伸过来的手是要掐你，我们总是怀疑别人的笑容里有阴谋，甚至，当成功的鲜花怒放时，我们还认为它是假的……我们穿过花园和森林，什么也不去想，只听各种悦耳的风声和鸟鸣，感觉它是多么坦荡和单纯；有时，我们不妨去旅行，当然，请别担心飞机失事火车晚点轮船下沉，我只对那些美好的事物惊奇不已。

就这样活着，吃着五谷杂粮，释放七情六欲；就这样活着，工作学习，尽心努力；就这样活着，恋爱交友，以情换情；就这样活着，简单干脆，无怨无悔。我时常记得乡下母亲的一句话："平民百姓，耕种劳作，享受丰产或歉收的欢乐和忧愁，除此之外，还有多少时间奢求其他呢？"

母亲的活法虽然有点太简单，却给我做人的启发。在她的眼里，一盏灯、一座小屋、一头安详咀嚼的牛，以及金黄的稻谷和一个奔跑的孩童便是她的全部。其实，这是绝大多数人的美好心愿——过简洁纯净的日子，而不愿被所谓的那些高深的人生意义和虚无的精神家园折磨。

人生苦短，我们没有太多的时间去苦思冥想，猜疑算计。留下纯粹的欣赏和倾听，留下单纯美丽的眼睛，留下简洁坚定的思维，把生活尽可能还原到简单而实在的状态，然后，背起简单的行囊，"跟我走吧，天亮就出发"！

崇尚简单，因为我们相信，一切简单、自然的事物都是美的。

选择拒绝

张兰允

时下，社会各种潮流裹挟着许多前所未有的新奇事物接连而至，于是，生活中出现了那么多的东西使人眼花缭乱，让人眼红耳热，又令人无所适从。当越来越多的不知所措茫然着我们的感觉令我们无从选择时，我们为何不选择拒绝呢？

当人们习惯接受常规安排和既定模式而又沉迷于各种社会狂潮时，选择拒绝表现了一种难得的勇气和人生态度。拒绝的过程是在扬弃、抵制，甚至无言的批判，同时也表明了自己的不盲从——能清醒地观照自身，冷静分析，理智对待，这个过程标榜、张扬了自己的个性，摆脱了许多无形的束缚，获得了心灵自由，何乐而不为呢？

选择拒绝，是因为不适合，不需要，不喜欢，不感兴趣。

一件时髦衣服，无论它吸引了多少倩姐靓妹驻足观望及频频回头，因为不适合自己，可以目不斜视地擦肩而过；一种新型产品，无论它广告做得如何沸沸扬扬，消费大军怎样浩浩荡荡，因为不需要，可以安静地走开，不必盲目地留下来；一首流行歌曲，无论它怎样唱红大江南北，因为不喜欢，可以充耳不闻，任其一浪高过一浪地喧腾；一位走红明星，无论他（她）如何被新闻界炒得炙手可热，又怎样成为众人街头巷尾的话题，因为不感兴趣，可以闭口不谈，任其火爆到天边……

有拒绝才有追求，有追求才能坚持独立的自我。拒绝热闹，是为了追求宁静的生活；拒绝华丽，是为了追求质朴的天性；拒绝名利，是为了追求淡泊的心境；拒绝时髦，是为了追求个性的独立；拒绝放纵，是为了追求完善的自身；拒绝忧愁，是为了追求快乐向上的心情；拒绝轰轰烈烈，是为了追求平凡安详的人生……

擦一擦眼睛，认真地选择拒绝，不为时尚意乱情迷。

纯　真

邓　皓

A

你曾一度很自信地张大眼睛，眼眶里盈盈地盛满两个字：纯真。

而你的眸子有一天会黯淡下来——这个世界很多的时候偏偏是阴天。而你原来希望所有的日子都是晴天！

B

纯真有时候恰恰使你走向迷惘，甚至使你迷失了自己。

这个世界有些令你真假莫辨，纯真有时候会孤立成一种抽象的存在。

C

年轻正意味着纯真与不纯真的过渡和选择。可以说纯真是与生俱来的一种自然，不纯真是一种从自然走向自然后的自然。

你不失去对生活的挚爱与信赖，亦即不失去你的纯真。生活总是渴望你掏献更多的纯真。

D

纯真的天地被真诚、理解、信任的光环编织得一派灿烂；

伪善的樊篱被褊狭、贪婪、诡谲的翳影搅和得一团浑浊。

纯真是对人生、友情的高尚付出；伪善是对人生、友情的卑劣索取——珍贵的付出是最大的得到；廉价的得到是最大的失去。

E

纯真的沦丧，亦即对生活信念的沦丧。永恒你的纯真，无异于永恒你坦然的人生。

带着成熟寻找

王书春

带着梦想寻找，带着热情寻找，带着成熟寻找……

不能没有梦想，不能没有热情；失去了梦想和热情，生命之树只能生长冷漠和无聊，生活中也就永远失去了阳光。

只有梦想，没有成熟，人生便没有根基。理想很高远，那是飘在天空的彩云，也很快就随风而逝；目标很大，那是竖在远方高山上的一面旗，遥远得不知从何处走起。有梦想，说明还有希望，还有追求，还有志向。但梦想必须经过成熟过滤才能成为人生飞翔的双翼。

只有热情，没有成熟，人生便没有底蕴。热情之火，只能点燃盲目的冲动，只能点燃不符合实际的狂想，只能点燃虚无缥缈的梦想，有时还能点燃愚蠢的念头……不过，有热情说明还有生活的渴望，还有人生的向往，还有美好的理想。但热情必须经过成熟过滤才能成为人生前进的动力。

经过成熟过滤后的梦想与热情，没有了狂热，没有了狂想，没有了狂为。梦想化为引导行动的理想和目标，为人生的航船指引方向；热情化为人生航船的发动机，驱动着人生向目的地全速进发。

成熟，不会抛弃梦想，不会抛弃热情。成熟是一株生长缓慢的植物，梦想是水，热情是肥，只有适量的施肥浇水，"成熟"才会长成大树，这棵大树会结出硕果——成功的人生。而没有梦想、失去热情的成熟一定是棵"怪树"，只能结出麻木、冷酷和狡猾。

人生永远在寻找，没有人会指给你前方的路（即使有人指给你路，那路也不一定适合你走）。只有带着成熟寻找、带着成熟过滤后的梦想与热情寻找，才会有能力经受挫折跨越障碍，目标坚定地向自己的人生理想迈进；才能有信心战胜困难攀登高峰，永不停下前进的脚步，向自己的人生理想冲锋。目标坚定，却需要寻找道路，登上人生高峰的路是艰险而无人走过的，只有时刻在前进中寻找，才不会因走错路而荒废生命，才会有能力让生命显现辉煌。

让心灵在书中憩息

魏明双

喧闹和繁杂已经成了现代人生活的主旋律，人和人的碰撞，人和物的摩擦是一门无从逃避的必修课。工作的快节奏和生活的多样化在给人们带来欢乐、带来温馨的同时，也带来了困扰，带来了烦恼。心灵，时常被揉搓得倍感疲惫和倦怠。那么，我们该到哪里去寻找心灵的栖息地呢？

也许，每一颗心灵都有一块属于自己的休憩之所。它或许是轻歌曼舞的卡拉 OK 舞厅，或许是五光十色的电视荧屏，或许是费心熬神的麻将桌旁……而我以为，一方有书的天地更适宜我们的心灵憩息。

置身于一方有书的天地，触目那些或发黄或簇新的书籍，它睿智的灵光会将我们的眼睛映照得鲜亮而炯然有神。打开书，走进五彩缤纷的思想丛林，我们便会顿觉异香弥漫，沁人肺腑，总能在油墨的芬芳中感悟些什么。当我们与书中那形色各异的人和事交融在一起的时候，我们便会发觉生命曾经隐忍的种种深义——

跌倒没什么，爬起来继续朝前走；失败没什么，一切再从头开始；伟大没什么，离开平凡一切都很渺小；成功没什么，未来不会到此结束。

神游天下，有助于我们松弛绷紧的神经，冷却燥热的情绪；他山之石，能够使我们触类旁通，获得实在的精神力量。书，将会一次次使我们受伤的心灵得到抚慰，将会渐渐地使我们缺钙的思想变得坚强。

书，真是个好东西，"饥读之以当肉，寒读之以当裘，孤寂而读之以当友朋，幽忧而读之以当金石琴瑟。"

愿你我常常置身于一方有书的天地，常常沐浴书的灵光，让我们的心灵在得到寄托的同时，也得到重塑。

妒忌自己

鲁　子

妒忌别人，这可能是人世间四海皆有的现象，失意者妒忌成功者，面丑者妒忌姣美者，拙嘴者妒忌善谈者……没有一个人敢说我没有过妒忌。

妒忌是人正常的弱点，可是我们为什么不妒忌自己？

你可能是一位面丑者，是人群中的丑小鸭，你常常妒忌比你漂亮的人，可是你为什么不妒忌自己比他们聪明；你可能是一位家境贫寒平平常常的男人，你常常妒忌那些出入豪华场所一掷千金的有钱人，可是你为什么不妒忌自己比他们拥有家伦之乐；你可能是一位普普通通为人妻为人母的女人，买菜洗衣做饭上班下班，你妒忌潇潇洒洒闯红尘的女强人，可是你为什么不妒忌自己那份与世无争也无那份烦恼的淡泊？

自己的弱点也许正是自己的优点，仔细想想才发觉别人妒忌我们的正是我们自己认为身无长物的弱点。没有一个人能够集所有的优点于一身，也没有一个人集所有弱点于一身，我们每个人身上肯定都隐藏着别人所妒忌的地方，可是你为什么不妒忌自己？

妒忌别人可能会刺激自己上进，也可能令自己沮丧，失去相比的勇气。人看人的眼光总是特别挑剔，尤其是对别人的优点。如果我们把这挑剔的眼光变成欣赏的目光去妒忌自己，你肯定会发现原来自己也有那么多令别人妒忌的地方，你的生活肯定会变得阳光灿烂、心情舒畅，变得洒脱起来。

那么，就请你试一试，对自己眼观鼻、鼻观心地说："我妒忌自己。"

秋天，也是一种开始

段正山

许多人都喜欢礼赞秋天金色的收获，而就在这种礼赞之中秋天却悄悄给人们一个凄清的空白。

秋天的果实对于春天的花蕾来说诚然是一种圆满，而秋天的落叶对于春天的芬芳来说却是一种终结。没有哪个季节比秋天更能让人感到生命的璀璨与生命的枯萎竟是戏剧般地连在一起，几乎就在一夜之间欣喜可能就会变为疑惑，甚至就在同一片风景里，这边是丰硕，那边却是落寞。

然而，这实在不是秋天的过错，而是看错秋天的人的悲哀。

当一种追求终于得到报偿，一种拥有足以成为辉煌的时候，我们很有可能就会用满足衰减曾经的愿望，用得意吞噬往日的激情了。

于是我们时常站在一个高度而无法超越，时常徘徊在一种境界的面前而茫然无措。

其实，时光从不会停滞，季节也不会有断层，只要愿意并为之努力，我们什么时候都可以给世界一个惊奇，给自己一个惊喜。

既然秋天不会给我们永恒的完美和充实，秋天只能是更高意义上的开始。

秋天里我们毕竟不能沉醉太久，沉醉只能使我们在严冬中战栗而不知所措。相反，鼓起壮志迎上去，即使在寒冬的风雪中练就的也将是更厚实的勇气。

秋天里我们毕竟不能只是慨叹，金黄变为枯黄是一种凋落，也是一种新生，只为凋落唱挽歌，绝听不到新生的奏鸣曲。

秋天里我们毕竟不能有太多的失意，心中的灰暗太多，就是给你的都是朗日晴空，又怎能穿过厚厚的冻土，为春天献上一抹绿意？

秋天，也是一种开始。

不妨把或多或少的收获放进日记，不妨把亦真亦幻的追求交给岁月，不妨抖落掉满意的笑声也抖落掉不满意的愁云，不妨忘记徒劳的辛苦也忘记并不辛苦的幸运，迎着一天比一天强劲的西北风出征。

把秋天作为开始，四季才会崭新。

月 迹

贾平凹

我们这些孩子，什么都觉得新鲜，常常又什么都不觉满足。中秋的夜里，我们在院子里盼着月亮，好久却不见出来，便坐回中堂里，放了竹窗帘儿闷着，缠奶奶说故事。奶奶是会说故事的，说了一个，还要再说一个……奶奶突然说：

"月亮进来了！"

我们看时，那竹窗帘儿里，果然有了月亮，款款地、悄没声地溜进来，出现在窗前的穿衣镜上了。原来月亮是长了腿的，爬着那竹帘格儿，先是一个白道儿，再是半圆，渐渐地爬得高了，穿衣镜上的圆便满盈了。

我们都高兴起来，又都屏气儿不出，生怕那是个尘影儿变的，会一口气吹跑了呢。月亮还在竹帘儿上爬，那满圆却慢慢又亏了，末了，便全没了踪迹，只留下一个空镜，一个失望。奶奶说：

"它走了，它是匆匆的，你们快出去寻月吧。"

我们就都跑出门去，它果然就在院子里，但再也不是那么一个满满的圆了。尽院子的白光，是玉玉的，银银的，灯光也没有这般儿亮的。院子的中央处，是那棵粗粗的桂树，疏疏的枝，疏疏的叶，桂花还没有开，却有了累累的骨朵儿了。我们都走近去，不知道那个满圆儿去哪儿了，却疑心这骨朵儿是繁星儿变的，抬头看着天空，星儿似乎就比平日少了许多。月亮正在头顶，明显大多了，也圆多了，清清晰晰看见里边有了什么东西。

"奶奶，那月上是什么呢?"我问。

"是树，孩子。"奶奶说。

"什么树呢?"

"桂树。"

我们都面面相觑了，倏忽间，哪儿好像有了一种气息，就在我们身后袅袅，到了头发梢儿上，添了一种淡淡的痒痒的感觉，似乎我们已在了月里，那月桂分明就是我们身后的这一棵了。

奶奶瞧着我们，就笑了：

"傻孩子，那里边已经有人了呢。""谁?"我们都吃惊了。"嫦娥。"奶奶说。"嫦娥是谁?""一个女子。"

哦，一个女子。我想：月亮里，地该是银铺的，墙该是玉砌的，那么个好地方，住的一定是十分漂亮的女子了。"有三妹漂亮吗?""和三妹一样漂亮的。"三妹就乐了："啊啊，月亮是属于我的了。"

三妹是我们中最漂亮的，我们都羡慕起来；看着她的狂样儿，心里却有了一股嫉妒。我们便争执了起来，每个人都说月亮是属于自己的。奶奶从屋里端了一壶甜酒出来，给我们每人倒了一小杯儿，说：

"孩子们，瞧瞧你们的酒杯，你们都有一个月亮哩！"

我们都看着那杯酒，果真里边就浮起一个小小的月亮的满圆。捧着，一动不动的，手刚一动，它便酥酥地颤，使人可怜儿的样子。大家都喝下肚去，月亮就在每一个人的心里了。

奶奶说：

"月亮是每个人的，它并没走，你们再去找吧。"

我们越发觉得奇了，便在院里找起来。妙极了，它真没有走去，我们很快就在葡萄叶儿上，磁花盆儿上，爷爷的锨刃儿上发现了。我们来了兴趣，竟寻出了院门。

院门外，便是一条小河。河水细细的，却漫着一大片的净沙，全没白日那么的粗糙，灿灿地闪着银光，柔柔和和得像水面了。我们从沙滩上跑过去，弟弟刚站到河的上湾，就大呼小叫了："月亮在这儿！"

妹妹几乎同时在下湾喊道："月亮在这儿！"

我两处去看了，两处的水里都有月亮；沿着河沿跑，每一处的水里都有月亮了。我们都看着天上，我突然又在弟弟妹妹的眼睛里看见了小小的月亮。我想，我的眼睛里也一定是会有的。噢，月亮竟是这么多的：只要你愿意，它就有了哩。

我们坐在沙滩上，掬着沙儿，瞧那光辉，我说："你们说，月亮是个什么呢？""月亮是我所要的。"弟弟说。"月亮是个好。"妹妹说。

我同意他们的话。正像奶奶说的那样，它是属于我们的，每个人的。我们就又仰起头来看那天上的月亮，月亮白光光的，在天空上。我突然觉得，我们有了月亮，那无边无际的天空也是我们的了，那月亮不是我们按在天空上的印章吗？

大家都觉得满足了，身子也来了困意，就坐在沙滩上，相依相偎地甜甜地睡了一会儿。

默默地忍受一切是一种生存的伟大

贾平四

我常常遗憾我家门前的那块丑石呢：它黑黝黝地卧在那里，牛似的模样。谁也不知道是什么时候留在这里的，谁也不去理会它，只是麦收时节，门前摊了麦子，奶奶总是要说：这块丑石，多碍地面哟，多时把它搬走吧。

于是，伯父家盖房，想以它垒山墙，但苦于它极不规则，没棱角儿，也没平面儿；用錾破开吧，又懒得花那么大气力，因为河滩并不甚远，随便去掮一块回来，哪一块也比它强。房盖起来，压铺台阶，伯父也没有看上它。有一年，来了一个石匠，为我家洗一台石磨，奶奶又说：用这块丑石吧，省得从远处搬动。石匠看了看，摇着头，嫌它石质太细，也不采用。

它不像汉白玉那样的细腻，可以凿下刻字雕花，也不像大青石那样的光滑，可以供来浣纱捶布。它静静地卧在那里，院边的槐荫没有庇荫它，花儿也不再在它身边生长。荒草便繁衍出来，枝蔓上下，慢慢地，竟锈上了绿苔、黑斑。我们这些做孩子的，也讨厌起它来，曾合伙要搬走它，但力气又不足；虽时时咒骂它，嫌弃它，也无可奈何，只好任它留在那里面去了。

稍稍能安慰我们的，是在那石上有一个不大不小的坑凹儿，雨天就盛满了水。常常雨过三天了，地上已经干燥，那石凹里水儿还有，鸡儿便去那里渴饮。每每到了十五的夜晚，我们盼着满月出来，就爬到其上，翘望天边，奶奶总是要骂的，害怕我们摔下来。果然那一次就摔了下来，磕破了我的膝盖呢。

人都骂它是丑石，它真是丑得不能再丑的丑石了。

终有一日，村子里来了一个天文学家。他在我家门前路过，突然发现了这块石头，眼光立即就拉直了。他再没有走去，就住了下来，以后又来了好些人，说这是一块陨石，从天上落下来已经有二三百年了，是一件了不起的东西。不久便来了车，小心翼翼地将它运走了。

这使我们都很惊奇！这又怪又丑的石头，原来是天上的呢！它补过天，在天上发过热，闪过光，我们的先祖或许仰望过它，它给了他们光明，向往，憧憬；而它落下来了，在污土里，荒草里，一躺就是几百年了。

奶奶说："真看不出！它那么不一般，却怎么连山墙也垒不成，台阶也垒不成呢？"

"它是太丑了。"天文学家说。

"真的，是太丑了。"

"可这正是它的美！"天文学家说，"它是以丑为美。"

"以丑为美？"

"是的，丑到极处，便是美到极处。正因为它不是一般的顽石，当然不能去做墙，做台阶，不能去雕刻，捶布。它不是做这些小玩意儿的，所以常常就遭到一般世俗的讥讽。"

奶奶脸红了，我也脸红了。

我感到自己的可耻，也感到了丑石的伟大；我甚至怨恨它这么多年竟会默默地忍受着这一切，而我又立即深深地感到它那种不屈于误解、寂寞的生存的伟大。

云态度，月精神

金　马

"云态度，月精神"——描述人与自然的通灵感悟，此名句乃出自宋代词人石孝友的大手笔。

是的，物质世界不乏"灵魂"。人类如果愿意使与自身相关的领域充满生存智慧的颖悟，就不能无视与之保持优美的和谐。

云，形态洒脱、飘动，不拘一格；云，拥抱晴空，游走四方，不固着一隅。当它处于日轮升起的地平线时，就化为朝霞；当它面临夕阳西下时，又化为晚霞。春来时，它融为"润物细无声"的甘霖，召唤出一片绿色世界；冬至时，它凝成洁如玉脂的琼花儿，覆盖枯萎的大地。你看，这云态度，多么酷似人类的智者对待社会"物候"的出色适应力。他们，在山，则领有云心鹤性；在地，则拥有桑梓本色；在海，则挽有蛟龙气魄！

月，心境淡泊，不拘晦朔；月，光含万里，不弃暗夜。当它扬"新月"之弓时，"如眉生阔水"；当它遇"满月"流华时，却又依然"色明如素"。月华仿静烛。它静静地反射着日光，默默地施恩于大地，为人们捧着一个涤洁奢欲的银世界。你看，这月精神，多么像人类的原母怀揣一掬情思向人间走来，"她软步走下了云的梯子，毫无声息地穿过窗门的玻璃。于是她带了母亲的柔软的温和，俯伏在你的上面，将她的颜色留在你脸上……她又这样柔和地用两臂来拥抱你的颈子。"（［法］波特莱尔）人类的性情中需要注入这样的月精神。人类的智者，不光是需要金戈铁马式的进取姿态，也渴求淡泊温婉心境的蓄积。

云态度，月精神，是构成物质世界的"灵魂"一角。作为一个现代人，善于静观这生命乳母灵魂的律动，是一种带有根本性质的明慧！这不光是指人的"生态环境"意义的，更是指人类的灵魂决不可以亵渎物质世界的"灵魂"，而应与之保持"后生者"的感激和忠诚……

雪的面目

林清玄

在赤道，一位小学老师努力地给儿童说明"雪"的形态，不管他怎么说，儿童也不能明白。

老师说：雪是纯白的东西。

儿童就猜测：雪是像盐一样。

老师说：雪是冷的东西、

儿童就猜测：雪是像冰淇淋一样。

老师说：雪是粗粗的东西。

儿童就猜测：雪是像砂子一样。

老师始终不能告诉孩子雪是什么，最后他考试的时候出了"雪"的题目，结果有几个儿童这样回答："雪是淡黄色的砂，味道又冷又咸。"

这个故事使我们知道，有一些事物的真相，用言语是无法表白的，对于没有看过雪的人，我们很难让他知道雪，像雪这种可看的、有形象的事物都无法明明白白地讲，那么，对于无声无色、没有形象、不可捕捉的心念，如何能够清楚地表达呢？

我们要知道雪，只有自己到有雪的国度。

我们要听黄莺的歌声，就要坐到有黄莺的树下。

我们要闻夜来香的清气，只有夜晚走到有花的庭院去。

那些写着最热烈优美情书的，不一定是最爱我们的人；那些陪我们喝酒吃肉搭肩拍胸的，不一定是真朋友；那些嘴里说着仁义道德的，不一定有人格的馨香；那些签了约的字据呀，也有抛弃与撕毁的时候！

这个世界最美好的事物，都是语言文字难以形容与表现的。

就像我们站在雪中，什么也不必说，就知道雪了。

雪，冷面清明，纯净优美，在某一个层次上，像极了我们的心。

雨天的魅力

蓉　子

真喜欢这样绵绵的雨，长长地落着，忘记了晨昏，忘记了时间，也忘了节令。啊，尤其在这 5 月已过去了一半的初夏，雨像薄纱的帷帘一样突然地放下，立刻为你隔住了很多阳光下的喧腾和扰攘，以及过分明白清晰的事物形象。因为晴天太明亮，声光无尽，脚步杂沓，事情就多得让你做不完，而且它无形中有那种催迫人的力量，使你无法懒惰。一个亮亮的晴天，你家电话铃响的次数，一定比雨天多；门铃被按响的机会，也一定较阴雨的日子多；你自己的心也会不停地忙——特别是我们女人家，一碰到那久雨后的大晴天，就如同捡到一块金黄色的黄金似的，非要好好地利用一番不可。又想晒书，又想晒被，更愿痛痛快快洗一次衣物。因为这富有热力的阳光，能将每一件湿漉漉的衣服晒得又干又脆，能使每一样经它暴晒过的物件留下余香。而这等的好天气又是最引诱人要去旅行和郊游的天气，也是处理各种外出事务最方便的天气，当然，还是最适于拜访朋友的好天气……好像一到晴天，诸事就争先恐后蜂拥而至，你竟不知道先做哪一件才是？

突然间，那盏金黄灿烂的大灯转暗了，在幽暗气氛里，第一滴雨像珍珠般掉落，然后无数的雨珠串连成线，压抑着飞扬的灰尘……虽然雨的步态轻柔，但是你仍然听见它清朗的带金属韵律的步音，当丛弦俱奏又不停地增加更多的弦索时，你就可以听到一曲丰富的雨的交响乐了！这时，你整个地被笼罩在雨丝交织成的帘子里，首先感到的是丝绸触肤的凉爽，炎热退却，烦嚣也跟着远去。隔着一层薄薄的朦胧看世界，不慌不忙，世界是那样宁静可爱；隔着一点距离看人生，人和事都比较好安排。真的，在这静静的下雨天，谁也不扰乱谁，只见雨中绿意如润玉，蓓蕾们也有了血色，同样是我们枯旱的心——日日沉埋在烟尘和烦嚣中的，竟也获得一些泽润，寻回一点宁静，找着那属于自己的声音和思维。如果雨下得更浓更密，你就更无牵无挂了，很多生活上的杂七杂八都可放下，而且一无愧怍。只有在这时，你可以理直气壮地把不想做的事情统统给推开说："下雨嘛，等天好了再说。"——这真是最好的理由，谁也不敢责怪你懒惰；其实你虽懒，心灵却像雨水中的叶开始摇曳起来，尤其是在这5月已过去了一半的初夏，让似甘露的雨带给你一份清凉意，给你从容地酝酿那创造的灵泉吧！

捕捉闪电

莫小米

有位摄影师，他不摄别的，光摄闪电。

这不是件容易的事，他必须在暴风雨来临之前，别人都躲到屋里去的时候出门，背着高速相机，在昏天黑地中奔走于旷野，他必须忘却自身的危险，专注地寻找、等待、捕捉那惊心动魄、壮丽夺目的瞬间。他的作品获得巨大成功。人们惊叹：他的目光竟比闪电还快。

有位女人被他与他的闪电所吸引，她曾无畏地做他的助手，他们曾一同在龙卷风袭来之时死里逃生，他们曾彼此深深相爱。可是他俩终因种种原因分了手，他们都为此而痛不欲生。

一个捕捉闪电的高手却没能捕捉住将要到手的幸福，他只能说——幸福在人身边逗留的时间，比闪电更短暂。

一个为了爱可以冒生命危险的女人终于没能把握住爱，她只能说——连闪电都可以定格，爱却不能。

幸福的柴门

栖　云

假如通往幸福的门是一扇金碧辉煌的大门，我们没有理由停下脚步；但假如通往幸福的门是一扇朴素的简陋的甚至是寒酸的柴门，该当如何？

我们千里迢迢而来，带着对幸福的憧憬、热望和孜孜不倦的追求，带着汗水、伤痕和一路的风尘，沧桑还没有洗却，眼泪还没有揩干，沾满泥泞的双足拾级而上，凝望着绝非梦想中的幸福的柴门，滚烫的心会陡然间冷却吗？失望会笼罩全身吗？

我决不会收回叩门的手。

岁月更迭，悲欢交织，命运的跌打，令我早已深深懂得什么是生命中最值得珍惜的宝贝。

只要幸福住在里面，简陋的柴门又如何，朴素的茅屋又如何！幸福的笑容从没因身份的尊卑贵贱失去它明媚的光芒。我跨越山川大漠，摸爬滚打寻求的是幸福本身，而不是幸福座前的金樽、手中的宝杖。

幸福比金子还珍贵，这是生活教会我的真理。

永远幸福

佟可竟

幸福的时候，我们常不自知，即便别人的目光投来多少羡慕不已，痛苦却总是自作多情地来而不去。"人生的刺，就在这里，留恋着不肯快走的，偏是你所不留恋的东西。"（钱钟书语）短暂的生命之光泽，极易就这样被黯淡着，好像每个人都有了千疮百孔的忧伤。

其实不然。

抱怨生活不幸福的人，多少是在对幸福的追求中，放走了真实的东西，而在追逐影子。正像我们相互传递的祝福一样，人生一世，安知我们生命的祸福之势？我们依然情愿对"永远幸福"做着一遍遍的企望，为了这份"永远"的人生厚礼，我们把可以切身触及的幸福都丢掉了。

只要我们不吝感受，幸福倒有点像那些百抽不中的彩票，极易得到了。道理如蒙田先生所言："最美满的生活，就是符合一般常人范例的生活，井然有序，但不含奇迹也不超越常规。"好似花开花谢，树枯树荣。

而"永远幸福"其实是用细碎的珠贝串起的一条缠绕生命的长链。我们只有耐烦于平铺直叙的生活，才会从中拣拾到蕴藏着幸福光泽的颗颗珠贝。

只是我们从来都愿意把对幸福的拥有高置在成就大气磅礴之业、遭遇荡怀激烈之情上。而且我们一旦脱离了常人范例之后，才茅塞顿开：幸福原来是能频频与我们打招呼的老熟人，只是我们常常视而不见。

一封寄自伦敦的来信，声称是用握着菜刀长满硬茧的手写的。每天深夜，当这位先生从地下室的后厨中走出来，都会猛吸几口外面的新鲜空气。他觉得："能在大街上自由漫步，真是幸福！"

更多的时候，是我们自己远离了幸福。在我们独自对幸福做着缥缈不定、诗意无限的遥想时，它正悄然地随着岁月从我们的指间和身边流走……

还是低头拣拾起我们易得的珠贝吧，尽管碎碎点点，谁说串不成与生命等长的珠链呢！

由此，我们同样可以心怀恒久的祝福：永远幸福。

人生幸福三诀

曹　放

"唉，活得太累了！"现今谁没有这样深深的疲惫？

然而，在京城，有位88岁高龄的老太太却轻松悠闲地微笑着，用那略带合肥口音的普通话告诉我们，做一个好人其实很容易，拥有一个幸福的人生其实也很简单："第一是不要拿自己的错误惩罚自己，第二是不要拿自己的错误惩罚别人，第三是不要拿别人的错误惩罚自己。"她笑笑，晃了晃竖起的三根手指，满脸都是返老还童的天真和曾经沧海的从容。"有这么三条，人生就不会太累了……"

多么朴素的心语啊！

道出这"人生幸福三诀"的老太太，名叫张允和，她可是位有来历的知识女性哩！她的夫君是著名语言学家周有光。有人说："周有光的平和宁静与广阔深邃，会让你不由自主地联想到无边无际的大海。"她的妹夫是由她玉成美满婚姻的大文豪沈从文。对于沈从文，史学家更有斩钉截铁地定评："无瑕人品清于玉，不俗文章胜似仙！"而张允和本人，也曾颠沛流离，也曾死里逃生，是人生的苦难与艰辛使她大彻大悟，道出了这"人生幸福三诀"。

"不要拿自己的错误惩罚自己"。扪心自问一下，人间有多少烦恼，是自己同自己过不去哟！人非圣贤，孰能无过？如果一有过错，就终日沉陷在无尽的自责、哀怨、痛悔之中，那么，其人生的境况就会像泰戈尔所说的那样：不仅失去了正午的太阳，而且将失去夜晚的群星。

"不要拿自己的错误惩罚别人"。这样浅显的道理谁都明了，但知易行难。人们都会为自己的过错而痛悔，但不少人痛悔归痛悔，受伤的虚荣心却还要疯狂地寻找能够掩饰伤口的更大虚荣，于是，他就情不自禁地要去惩罚别人；而那些无辜地受到惩罚的"替罪羊"，或迟或早势必都要奋起自卫。这样"拿自己的错误惩罚别人"，人生岂能不累？因此，"不要拿自己的错误惩罚别人"，并不是一种很容易达到的境界，它需要"胸藏万汇凭吞吐"的大器量。

"不要拿别人的错误惩罚自己"。许多人也许骄傲地说，这不是对我的写照。然而，我却以为：未必！如果不拿别人的错误惩罚自己，那怎么会不时生发出这样的一些邪念：他都敢见死不救，我又何必见义勇为；他都敢贪污受贿，我又何必清廉自守；他都敢男盗女娼，我又何必故作清高……芸芸众生们，谁也不要嘴硬，我们何尝不会这样拿别人的错误惩罚自己呀！正是这种惩罚，使我们感到活得很累。

张允和老太太，你的微笑是那样平和，而这平和里蕴含着多少沧桑！你的心语是那样朴实，而这朴实的心语又是多么深刻！

不要让篮子空着

赵 云

沙滩上撒满了闪亮的贝壳，像是掉了一地的繁星。

那孩子捡起一个贝壳看看，随手就把它丢弃。他已经寻找了一个下午，始终没有找到他心目中那最美丽、最稀罕的贝壳。

夕阳把海和天渲染成一片深深的紫色。他的友伴们快乐地哼着歌儿，提着满满一篮子的贝壳，只有他仍孤独地拖着长长的影子，在海滩上茫然地找寻。海浪喧哗着卷上来，洗去了印在沙上的小小足迹，他手中的篮子仍然空着。

这是小时候听到过的故事，已记不清孩子们捡拾的到底是贝壳还是别的。但这故事蕴含的哲理却常常使我深思：那孩子心目中最美丽最稀罕的贝壳，象征着人们心中一个悬空的目标。在人生的海滩上，晶莹璀璨的贝壳散布在我们的四周。然而，当我们被那唯一的、悬空的目标所眩惑，我们将如那孩子一样，无视于海滩上闪亮如繁星的贝壳，也失去了捡拾贝壳过程中的乐趣。

当别人快乐地哼唱着生命之歌、提着充实的篮子走向归途时，那一心向往着要找寻到最完美贝壳的人，将怅惘地提着空的篮子，拖着长长的身影，在夕阳中孤独地寻找。

心理学家埃里克松在他的人格发展学说中，认为人们在五十岁左右，将会回首检视已走过的人生，如果在过去的发展阶段得不到满足，他将对这一生感到失望，往前看去，已经时不我予，颇有不堪回首的意味了。从其他方面来看也是如此，散布在我们四周的贝壳也许不是最完美、最珍贵的，但它们是实在的。经过了细细的挑选，捡起来，在海水中把它洗得闪闪发亮，然后轻轻地放进篮子，一点一点地装满，内心的愉悦和满足也随着一点一点地升起。

假如一心一意，只想着要找到"最完美"的贝壳，等到夕阳西下，海浪冲去了印在沙滩上的足迹，回首检视手中的篮子，也许会失望地发现篮子仍然空着。

人生最大的赏心乐事

罗 兰

漫 步

我喜欢漫步，不管是独行，还是与良友为伴。

在学校读书的时候，每天晚饭之后，自修课之前，我总是挽一位要好的同学，绕着校园漫步，一面走，一面谈心。

离开学校之后，与朋友聚晤也多是在马路上漫步。那漫步，时常是一走数小时，或由清晨走到日午，或由黄昏走到深夜，才依依不舍地分手。许多可贵的友情都织在那长长的漫步里。我们真是同甘共苦地"走"过那一段又一段的人生的旅程。

在漫步中，我们与春花秋月、夏雨冬雪同在；我们与孤月群星同在；我们一同走过少年时无忧的日子，成长后善感的时辰；我们也一同在那真正的人生的路上做过梦，梦过音乐，梦过诗，梦过彩色缤纷的恋爱。我一步一步地认真地品尝过人生的苦涩与甘甜。

我选择朋友，是选那懂得在漫步中寻梦的，因为我自己喜欢在漫步中寻梦。

而到了现在，长长短短、宽宽窄窄的世路已不知走过来多少之后，我始领悟我在漫步中所要寻找的，不是梦，而是那个太容易迷失的自己。

如今，我仍喜欢漫步，但我已无缘再找到可以陪我漫步的友伴。所以，我总是踽踽独行，在清晨，在黄昏，在深夜，在风季，在雨天。

在这孤独的漫步里，我并不寂寞。我有千万种思绪为伴，也有那真正的自己与我做心灵深处的恳谈。

夜晚校园中的歌

我喜欢歌。

不是那种站在台上向万千听众炫耀的歌，而是在幽静的夏夜，在深暗的校园，在花木丛中，在星光闪灿之下，轻轻地歌。那歌，不止一个人唱，而是此起彼应的一群少女的声音在唱。

那总是在晚自修之后，休息铃之前，9点到10点的那一段属于我们自己的时间。

夜的微风从遥远的地方飘来，轻盈的人影这里那里隐现。有时，我们之中的一个人低唱一句"劝君莫惜金缕衣"，另一个角落就会有人应声唱出"劝君惜取少年时"，然后，会有更多的人接下去唱那"花开堪折直须折，莫待无花空折枝"。

这首《金缕衣》由古城一位名作曲家配乐，成为一首极其动听的四部混声合唱。当女声唱完第一节，跟着有零落的单音带着幽怨重复两句"无花空折枝"之后，如果这时有一声沉雄的男中音蓦然接下去唱那转接下一节的"无花空折枝……"，我们就知道音乐系的劳老师也在校园里，而他的旁边一定有那位弹钢琴的丁老师。

也许，张老师也在。她的记号是那一支明明灭灭的香烟。当她吸那香烟的时候，我们会发现漆黑的夜色里，倏然亮起一星金红。这一星金红会再倏然隐去，但我们已经可以朝着那金红的余影追寻到我们的女诗人。

她的忧郁在校园中是一首动人的无言的诗。我们知道，到了明天，上课的时候，她会为我们背诵一首她自己新填的词，或一段沉郁的散文。

我们所爱的，只是那浓浓的如诗般的气氛。在我们幼稚的心里，想不到成人们的认真的愁，与承载不住的凄苦。我们的歌声荡漾在校园里，只因我们太快乐、太自由、太多幻想、太爱人生。

而我们相信，在那沉雄的男中音，与烟头那一星郁暗的金红之中，会蕴藏着更多、更深沉、也更庄严激动的人生。

于是，在二十多年后的今天，当我回忆那一园幽暗和晚风中的歌声时，我才突然在其中找到了更丰富、更深沉饱满的意义……

途 中

我喜欢属于自己的时间，厌恨环境的牵绊。

因此我总留恋那去什么地方的途中，因为它摆脱了一个牵牵绊绊的环境，而尚未到达另一个牵牵绊绊的环境。这在途中的时间可以完完全全地属于我自己。

我会完全不为到什么地方而去搭公路局的车，我会只为要静一静，而坐三轮车到一个并不想去的地方，然后再回来。我从来不在意旅程的远近，无论乘车坐船，我也从未感到过旅途的漫长。

在寂寞的旅途中，我常感到前所未有的丰富。火车曾带我认识大地，轮船曾带我认识海洋。而在每天那单调熟悉的往返途中，我找到喘息和安静的时间，让我在那里尝到"摆脱"之后的轻松。

我常徒步走过半个城市去找一个并不很相知的朋友，然后再徒步走回。找朋友仅是一个借口，我爱的是那在途中时心灵上的清静。

团体旅行时，我常不明白为什么有些人那样的对旅途不耐，而我却总是希望慢一点抵达。因为抵达之后，活动开始，我反而有怅然若失的空虚寂寞之感。

所以，如果可能，我总是尽量拉长在途中的时间。我要利用这段时间想我一直没有工夫去想的事。在这途中，我是陌生的个体，没有人干扰我，没有琐事俗务需要我为了责任而必须去分心照顾。我把自己交给脚步或车船，而我的心就可以逍遥自在地遨游在天地之间。

看雨，读诗

下雨天，整个的俗世都被洗涤着，不管他们愿意不愿意。让那些不愿被洗涤的关起门窗，缩挤在他们的小天地里吧！

而最好是开开门窗，让雨丝飘一些在你脸上，在藤几竹椅上。飘进那么一丝凉爽，一丝清新，一片属于自然的绿意。

在落雨的日子里，如能读几首诗，那你会觉得连心都经过一番洗涤。

这时候，你意识中将没有车辆，没有行人，没有生活的灰砂，没有名利权位。你回到自然，回到简朴，回到清新，在雨里。

灵犀一点通

当你对某人表示敬爱的时候，你开始集中你所有的情感，围着他的一切去团团地转。你希望多知道他一点，多了解他一点，你每一分触觉都特别灵敏，只为接听有关他的情报。

于是，你忽然发现你是爱上他了！

接着而来的是你的多愁善感。春花秋月对你都增加了意义，空气也增加了密度，你忽然变成诗人，觉得环境中每一件微小的事物都充满了韵律。

于是，你留意着每一个可能看见他的机会，留意着他对你的反应。你开始觉得自卑，怕你比不上他，你开始觉得烦闷，怕他另有别人。

你在心中对自己说，不管将来怎样，只要他心中有我就够了。

你也在心中对自己说，只要他和我有半小时单独在一起的机会，我就死也无憾了。你心中想了这一千件事，这一千件事事实上也只是一件事，那就是他。

忽然，有那么一天，在一个意外的机会，你们相遇了。他抛下别人，向你走过来，他把手伸给你，拉着你冰冷的手，他的眼睛和他的嘴同时告诉你：

"我早就想——想认识你。从那天——我就想认识你。"

哦！"那天！""那天！"那正是你开始想认识他的那一天呢！

你说，这是不是人生最大的赏心乐事?！

拥 有

陶小军

这世间，美好的东西实在数不过来了，我们总是希望得到的太多，让尽可能多的东西为自己所拥有。

人生如白驹过隙一样短暂，生命在拥有和失去之间，不经意地流干了。

如果你失去了太阳，你还有星光的照耀；失去了金钱，还会得到友情；当生命也离开你的时候，你却拥有了大地的亲吻。

拥有时，倍加珍惜；失去了，就权当是接受生命真知的考验，权当是坎坷人生奋斗诺言的承付。

拥有诚实，就舍弃了虚伪；拥有充实，就舍弃了无聊；拥有踏实，就舍弃了浮躁。不论是有意的丢弃，还是意外的失去，只要曾经真实的拥有，在一些时候，大度的舍弃不也是一种境界吗？

在不经意间所失去的，你还可以重新去争取。丢掉了爱心，你可以在春天里寻觅；丢掉了意志，你要在冬天重新磨砺。但是丢掉了懒惰，你却不能把它拾起。

欲望太多，反成了累赘，还有什么比拥有淡泊的心胸，更能让自己充实、满足呢？

选择淡泊，然后准备走一段山路。

领取生活

宗　璞

秋来了，玉簪花开了。

这花的生命力极强，随便种种，总会活的。不挑地方，不拣土壤，而且特别喜欢背阴处，把阳光让给别人，很是谦让。据说花瓣可以入药，还有人来讨那叶子，要捣烂了治脚气。我说它是生活向下比，工作向上比，算得一种玉簪花精神吧！

在花的香气中，我却惶惶然，为时光易逝而无成绩不安。

有人将朱敦儒那首《西江月》译成英文寄给我。原文是：

日日深杯酒满，朝朝小圃花开，自歌自舞自开怀，且喜无拘无碍。青史几番青梦，黄泉多少奇才，不须计较与安排，领取而今现在。

我把"领取而今现在"一句反复吟诵，觉得这是一种悠然自得的境界。

领取自己那一份，也有品味、把玩、获得的意思。那么，领取秋，领取冬，领取四季，领取生活吧！